パン屋再襲撃

麵包店再襲擊

村上春樹

目錄

パン屋再襲擊×

麵包店再襲擊

將曾經襲擊麵包店的事情告訴妻子，是不是正確的選擇，直到現在我都還無法確定。或許這並不是一個能夠用正確與否這種標準去判斷的問題吧。也就是說，在這個世界上，正確的結果可能是來自不正確的選擇，而正確的選擇卻也可能導致不正確的結果。為了避開這種不合理性——這麼說應該無妨——我們有必要採取一種實際上不作任何選擇的立場，而我大體上就是依照這樣的思考模式來過日子的。因為發生了的事情就已經發生了，而沒有發生的事情則仍未發生。

如果以這樣的立場來考慮事情，不管怎麼說，總之我已經把襲擊麵包店的事情告訴了妻子——這件事已經發生了。說出去的話就已經說出去了，會因此而發生的事件也已成了既定的事實。如果別人會以異樣的眼光來看待這個事件，我認為箇中的原因應該要由包含事件的整體狀況中去探求。可是，不管我是如何看待這個事件，其中也不會發生任何改變。這畢竟只不過是一種想法罷了。

我之所以會在妻子面前提起襲擊麵包店的事，純粹是很自然發展出來的結果。在說出那些話之前，我完全沒有準備，當時也只是忽然想起，並沒有「這麼說來——」之類的開場白。因為在對妻子說出「襲擊麵包店」之前，我自己已經把曾經襲擊麵包店的事忘得一乾二淨了。

當時我會想起襲擊麵包店這件往事，是因為肚子實在是餓得受不了了。時間是凌晨快兩點的時候。我和妻子在六點吃了簡單的晚餐，九點半就鑽進了被窩，但到了那個時候，不知道為什麼，我們倆同時醒了過來。睜開眼睛沒有多久，一陣有如《綠野仙踪》裡出現的龍捲風般的飢餓感便襲來了。那可說是一種蠻橫無理的、絕對的飢餓感。

可是，冰箱裡可稱之為食物的東西卻一樣也沒有。裡面只有法式沙拉醬、六罐啤酒、兩顆乾透了的洋蔥、奶油，和除臭劑。我們兩個星期前才剛結婚，在飲食生活上還沒有建立起明確的共識。因為我們當時還有堆積如山的其他事情非先行確立不可。

那時候我在法律事務所上班，妻子則在設計學校負責事務方面的工作。我是二十八或二十九歲（不知道為什麼，我就是想不起來是在幾歲那年結婚的），她比我小兩歲又八個月。我們的生活都非常忙碌，像是立體洞窟一樣錯綜複雜，再怎麼也沒有心力去注意儲備食物這種事。

我們下床走進廚房，就這麼隔著餐桌面對面坐下。我們兩個都餓得沒法繼續再睡——只要躺下去就會感到痛苦——但起來想找點事做，肚子卻又餓得受不了。這種飢餓感是從何而來的，如何產生的，我們是一點頭緒都沒有。

雖然我們夫妻倆抱著一絲希望頻頻輪流去打開冰箱來看，但不論打開多少次，裡面的內容都毫無變化。啤酒、洋蔥、奶油、沙拉醬、除臭劑。雖然做道奶油炒洋蔥也是個辦法，但我並不認為兩顆乾透了的洋蔥能有效填飽我們的轆轆飢腸。洋蔥應該是要拿來搭配其他東西一起吃的，光只有洋蔥並不算是能夠充飢的食物。

「來個法式沙拉醬炒除臭劑怎麼樣？」我試著開了個玩笑，但不出所料，妻子根本不理會這個提議。

「開車出去找一家通宵營業的餐廳吧。」我說，「國道沿線一定可以找到這種店的。」

但妻子否決了我的提議。她表示不想出去吃東西。

「過了半夜十二點還為了吃飯而外出，似乎不太好。」她說。在這方面她是非常守舊的。

「欸，說的也是。」我停了一下後說。

或許是新婚時常見的情況，妻子這樣的意見（或說是主張），在我聽來就像是某種啟示一樣。聽她這麼一說，我就覺得自己現在所感到的飢餓，並不是找一家國道沿線通宵營業的餐廳那麼簡單就能應付過去，而是一種很特殊的飢餓感。

所謂特殊的飢餓感是什麼呢？

在此，我可以將之化為一幅影像來表現。

①我乘著一艘小船，漂浮在平靜的海面上。②往下一看，可以看到海底火山的山頂。③雖然海面與山頂之間的距離看起來並不太遠，但無從得知實際到底有多遠。④因為水實在太清澈透明了，以至於抓不到距離感。

從妻子表示不願去通宵營業的餐廳，到我說「欸，說的也是。」表示同意之間的兩三秒的時間裡，浮現在我腦海裡的影像大致就是如此。由於我並非佛洛依德，自然無法明確分析這種影像到底具有什麼意義，但光憑直覺就知道可以歸類於啟示。因此，我——儘管飢餓的感覺異常強烈——對於她不願意外出用餐的主張（或說是聲明），便半自動地表示同意了。

我們別無他法，只好開啤酒來喝。因為與其吃洋蔥，不如喝啤酒來得直接。妻子並不怎麼喜歡啤酒，因此六罐中的四罐給我喝，她喝另外兩罐。在我喝著啤酒的時候，她像隻十一月的松鼠辛勤地在廚房的棚架上東翻西找，找出了一袋剩下四塊的奶油餅乾。那是上次用來做冷凍蛋糕基底剩下來的，雖然已經受潮而完全軟化了，但我們仍然很珍惜地一人分吃了兩塊。

可惜，不論罐裝啤酒或奶油餅乾，並沒有在我們有如鳥瞰西奈半島荒漠的肚子裡留下任何痕跡。啤酒和餅乾只像是殘破的風景的一部分，迅速由窗外閃過而已。

我們讀著印在啤酒罐上的字，看了好幾次時鐘，望一望冰箱的門，翻一下昨天的晚報，用明信片將掉在桌子上的餅乾屑掃成一堆。時間像是被魚吞進肚子裡的鉛錘一樣，昏暗而沉重。

「我從來沒有這麼餓過。」妻子說。「這和結婚有沒有什麼關係呢？」

我說我不知道。或許有，或許沒有。

當妻子繼續在廚房中搜尋其他殘留食物時，我再度從小船中探出身子，俯視海底火山的山頂。小船四周海水的透明度，令我非常不安。感覺就像是胸口的深處突然開了一個大洞。沒有出口也沒有入口，純粹就只是一個大洞。我發現體內這種奇妙的失落感——不存在卻有實際存在的感覺——和爬上高聳的尖塔塔頂時恐懼所帶來的麻痺感覺似乎有些類似。飢餓和懼高症竟然會有共通之處，這倒是一個新發現。

就在這個時候，我想起以前曾經有過相同的經驗。我那個時候就像現在一樣飢餓。那是在——

「襲擊麵包店的時候！」我不禁脫口而出。

「襲擊麵包店是怎麼一回事？」妻子立刻追問。

於是我便開始回想襲擊麵包店的始末。

「很久以前，我曾經去襲擊麵包店。」我對妻子說明。「那並不是一家多大的麵包店，也不是家有名的麵包店。不特別好吃，也不特別難吃。就是街上隨處可見，非常普通的麵包店。位於商店街的正中央，老師傅一個人自己烤麵包自己賣。是那種早上烤好的麵包賣完就打烊的小麵包店。」

「為什麼要挑那麼不起眼的麵包店下手呢？」妻子問。

「因為沒有必要去搶大的店。我們只要求足夠份量的麵包，可以填飽肚子就好了，並不想搶錢。我們只是不速之客，並不是強盜。」

「我們？」妻子說。「我們指的是誰？」

「當時我有個搭檔。」我加以說明。「那已經是十年前的事了。我們兩個都窮得要命，甚至連牙粉都買不起，自然也就經常沒有東西吃。因此當時我們為了弄到食物，真不知道做了多少可怕的事。襲擊麵包店正是其中之一——」

「我還是不太明白。」妻子說。她直盯著我的臉，眼神就像是要在黎明的天空中找尋褪了色的星星一樣。「為什麼要那麼做呢？為什麼不去工作呢？只要隨便去打一下工，買個麵包應該不成問題吧？再怎麼說，這種方法都比去襲擊麵包店來得容易。」

「因為不想做什麼工作啊。」我說。「那其實再明顯不過了。」

「可是你現在不是規規矩矩的在上班嗎？」妻子說。

我點點頭，啜了口啤酒，雖然用手腕內側揉了揉眼睛。幾罐啤酒已經讓我有點睏了。睡意像細泥一樣鑽進我的意識之中，和飢餓起了爭執。

「時代改變了，空氣會改變，人的想法也會改變。」我說。「不過，我們也該去睡了吧？明天都還要早起呢。」

「我不想睡。我要聽襲擊麵包店的故事。」妻子說。

「那件事是很無聊的。」我說。「至少不像妳所期待的那麼有趣，也沒有刺激的動作場面。」

「襲擊成功了嗎？」

我無奈地又拿了罐啤酒，拉開拉環。妻子的個性就是這樣，只要聽了開頭，就非知道結局不可。

「可以說成功了，也可以說沒有成功。」我說。「雖然結局是麵包隨我們拿，但以搶奪而言卻不成立。換句話說，在我們動手行搶之前，老闆就把麵包送給我們了。」

「免費的嗎？」

「並不是免費的。說來有些複雜。」我說著搖了搖頭。「麵包店的老闆是個古典音樂迷，當時店裡正在播放華格納的序曲集。他提出一個條件，只要我們願意聽完那張唱片，店裡的麵包就隨便我們拿。

我和搭檔商量了一下。然後做出結論：聽聽音樂倒也還可以接受。這就實質意義來說並不是勞動，而且不會傷到任何人。於是我們把菜刀和水果刀收進旅行手提袋裡，坐下來和麵包店老闆一起聽《唐懷瑟》和《漂泊的荷蘭人》的序曲。」

「然後就拿到麵包了嗎？」

「沒錯。我和搭檔幾乎將店裡所有的麵包都打包帶了回去，連續吃了四、五天。」我說著又啜了啤酒。睡意就像是海底地震所引發的無聲波浪，使我的小船緩緩搖晃著。

「當然，我們是達成了弄到麵包這個預定目標。」我繼續說下去。「但不管怎麼說，那都不能說是犯罪，只能算是交換。我們是因為聽了華格納，才獲得麵包作為報酬。從法律的觀點來看，這就像是商業交易一樣。」

「可是聽華格納不算勞動。」妻子說。

「妳說得對。」我說。「如果當時麵包店老闆要求我們洗盤子或擦玻璃，我們應該會斷然拒絕，直接搶了麵包就走吧。但是老闆並沒有那麼做，只要求聽完華格納的唱片而已，因此我和同伴都感到非常困惑。不用說，我們根本預想不到會冒出華格納這種事。那好像是對我們所下的詛咒一樣。現在回想起來，我覺得當初實在不應該接受那種提議，只要依照原定計畫拿刀威脅他，單純地搶了麵包就走，那就不會有任何問題了。」

「發生了什麼問題嗎？」

我再次用手腕內側揉了揉眼睛。

「是啊。」我回答。「但這並不是眼睛所能清楚看見的具體問題。只不過有很多事情都在這個事件之後慢慢發生了變化，而一旦發生了變化，就無法復原了。後來我回到大學並且順利畢業，然後進入法律事務所，一面工作一面準備司法考試。接著就認識妳，結了婚。之後就沒有再去襲擊麵包店了。」

「這樣就結束了嗎？」

「是啊，就只是這樣而已。」我說完又繼續喝起啤酒，於是六罐啤酒全部都喝完了。六個拉環，好像從人魚身上刮下來的鱗片一樣留在菸灰缸裡。

當然並不是真的什麼都不曾發生。眼睛清楚可以看見的具體事情就發生了好幾件，但我並不想告訴她。

「那你那個搭檔呢？」

「不知道。」我回答。「後來發生了一些小事，我們就分道揚鑣了。從那之後我再也沒有見過，也不知道他現在做些什麼。」

妻子沉默了一會兒。我覺得她從我的語氣中聽出了什麼不明確的東西，但是對於這一點她並沒有多問。

「那麼，襲擊麵包店是造成你們拆夥的直接原因嗎？」

「也許吧。這個事件對我們造成的衝擊，要比表面上看起來強烈得多。後來我們一連好幾天都在討論麵包和華格納之間的關係，還有就是我們的選擇是否正確，但始終都沒有結論。仔細想一想，這樣的選擇應該是正確的。畢竟沒有人受傷，而且彼此都得到了滿足。麵包店老闆——雖然到現在我仍然無法理解他為什麼要這麼做，但總之——宣揚了華格納，而我們有麵包可以填飽肚子。儘管如此，我們還是覺得其中存在著極大的錯誤。而那謬誤，在我們不明白的原理作用下在我們的生活中投下了陰影。剛才我之所以會用詛咒一詞，就是這個緣故。毫無疑問的，那是個詛咒。」

「那個詛咒已經從你們兩個身上消失了嗎？」

我用菸灰缸裡的六個拉環做出一個手鐲大小的鋁環。

「這我也不太清楚。世界上好像充滿了詛咒，要弄清楚哪一件倒楣的事情是因為哪一個詛咒的緣故，實在是太困難了。」

「不！不是這個樣子的。」妻子凝視著我的眼睛說。「只要仔細想一想就會知道了。而且，除非你親手去將這個詛咒解除，否則就會像蛀牙一樣，一直折磨到你死為止。不止是你，連我也包括在內。」

「妳？」

「因為我現在是你的搭檔。」她說。「例如我們現在所感到的飢餓就是。結婚之前，我從來不曾有過這麼飢餓的感覺。你不覺得這是異常現象嗎？這一定是你所受到的詛咒，把我也捲了進去。」

我點點頭，將結成圈的拉環拆開丟回菸灰缸裡。她所說的話到底對不對，我也搞不太清楚，但聽起來似乎又有點道理。

暫時從意識中遠離的飢餓感又回來了。而且，這回的飢餓比之前更加強烈，使我的腦袋隱隱作痛。只要胃底一抽搐，那震動就會經由離合器線傳導至腦袋的中心。我的體內好像是由各式各樣複雜的機能組合而成似的。

我又看了看海底火山。海水的透明度比剛才又增加了幾分，只要一不注意，似乎連海水的存在都會看漏。感覺上小船就好像是飄浮在半空中，沒有受到任何支撐。而且海底的小石頭一顆顆都輪廓分明，好像伸手可得。

「雖然我和你一起生活不過半個月左右，但我的確感覺到身邊一直存在著某種詛咒。」她說著，眼睛仍然凝視著我的臉，雙手手指交叉放在桌上。「當然，在你沒有說之前，我並不知道那是詛咒，但現在我已經非常清楚了。你被詛咒了喲。」
「妳覺得那個詛咒像什麼呢？」我試著問她。
「就像是許多年不曾清洗、滿是灰塵，從天花板上垂掛下來的窗簾一樣。」
「或許那不是詛咒，而是我這個人吧！」我笑著說。
她並沒有笑。
「不是這個樣子的。我很清楚不是這個樣子的！」
「如果真的如妳所說是詛咒了，」我說，「那我該怎麼辦呢？」
「再去襲擊一次麵包店啊。而且現在立刻就去。」她非常肯定地說。
「除此之外，沒有其他方法可以解除這個詛咒。」
「現在立刻就去？」我反問她。
「嗯，立刻就走。趁這種飢餓感還存在的時候，把以前沒有完成的事情做個了結。」

「可是，有半夜還開著的麵包店嗎？」

「找找看吧。」妻子說。「東京這麼大，一定可以找到一家通宵營業的麵包店。」

我和妻子坐進中古的豐田Corolla，為了找尋麵包店穿梭在凌晨兩點半的東京市區。我握著方向盤，妻子坐在副駕駛座上，用有如猛禽的銳利目光掃視著道路兩側。後側有一把雷明頓自動霰彈槍，像條硬直而細長的魚一樣躺在那裡；妻子風衣口袋裡的備用霰彈不時發出喀啦喀啦的碰撞聲。此外，前置物箱還有兩個黑色的滑雪面罩。為什麼妻子會有霰彈槍，我完全沒有頭緒。滑雪面罩也是一樣，因為我和她都從來不曾去滑過雪。但是，關於這些她並沒有一一說明，而我也沒有問。我只覺得，婚姻生活真的是非常奇妙。

儘管我們的裝備可說是非常齊全，但仍然找不到任何一家通宵營業的麵包店。我開著車子，在深夜空蕩的街上前進，從代代木到新宿，然後經過四谷、赤坂、青山、廣尾、六本木、代官山，再到澀谷，看到了深夜東京裡各式各樣的人和商店，但就是沒有麵包店。他們大概都不在半夜裡烤麵包吧。

途中我們曾兩度遇到警察的巡邏車。有一輛躲在路邊，另外一輛則以比我們略快速度緩緩由後面超車而過。兩次都讓我腋下滲出了汗，但妻子卻根本不把他們放在眼裡，一心只想找到麵包店。每當她調整一下姿勢時，口袋裡的霰彈就發出像是枕頭裡的蕎麥殼一樣的聲音。

「我看還是算了吧。」我說。「在這三更半夜裡，不會有麵包店還開著的。這件事情，還是應該先調查清楚，否則——」

「停車！」妻子突然大叫。

我急忙踩下煞車。

「就是這裡了。」她用平靜的語氣說。

我手放在方向盤上，向四周張望了一下，附近並沒有看到什麼像是麵包店的地方。路旁商店都拉下了鐵門漆黑一片，四處靜悄悄的。理髮店的招牌冷冷地浮現在黑暗中，有如扭曲的義眼。只有前方約兩百公尺處，可以看見麥當勞明亮的招牌。

「沒有看到什麼麵包店啊。」我說。

但是妻子一言不發，從置物箱中取出膠布後下了車。我也從另一側打開車門下車。妻子蹲在車前，撕下適當長度的膠布，將大牌貼了起來，以免車牌號碼被別人記下。然後她又走到後面，將後面的大牌也同樣貼好，手法非常老練。我愣愣地站在那裡看著她作業。

「就去那家麥當勞吧。」妻子說。語氣輕鬆得好像是在告訴我晚餐有什麼菜一樣。「麥當勞又不是麵包店。」我提出反駁。

「和麵包店差不多啦。」妻子說著回到車上。「在某些情況下，人是必須妥協的。總之就開到麥當勞前面吧。」

我無奈地往前開了兩百公尺，把車停進麥當勞的停車場。停車場裡只停著一輛鋥亮的紅色Blue Bird。妻子用毛毯裹住霰彈槍後交給我。

「我從來沒有用過這種東西，也不想用。」我提出了抗議。

「沒有必要開槍啊！只要拿著就好，不會有人反抗的。」妻子說。「這樣可以嗎？就照我說的去做。首先，我們兩個就這樣大大方方走進店裡，等店員說完『歡迎光臨麥當勞』，就立刻戴上滑雪面罩。明白了嗎？」

「明白是明白了，不過——」

「然後你就拿槍對準店員，叫所有職員和客人都集中在一個地方。動作要快。接下就全交給我了。」

「可是——」

「你覺得需要幾個漢堡呢？」她問我。「三十個應該夠了吧？」

「應該吧。」我說，然後嘆了口氣接過霰彈槍，將毛毯稍微打開看了看。這把槍像沙袋一樣重，像夜一樣漆黑。

「真的有必要這麼做嗎？」我說。其中有一半是問她，有一半是在問我自己。

「當然囉。」她說。

「歡迎光臨麥當勞！」戴著麥當勞帽子的櫃台小姐，臉上掛著麥當勞式微笑著對我說。一直以為半夜不會有年輕女孩在麥當勞上班，因此一看到她，我的腦袋裡霎時一片混亂，但隨即便回過神來，將滑雪面罩從頭頂罩下來。

櫃台小姐見我們突然戴上滑雪面罩，不禁露出驚訝的表情。

應對這種狀況的方法，在麥當勞待客手冊中應該是找不到吧。她在說完「歡迎光臨麥當勞」之後雖然還要繼續下去，但卻是張著嘴，一個字也說不出來。那努力保持的營業用微笑，就像黎明的新月般不安定地掛在她的嘴邊。

我急忙解開毛毯，舉槍對準用餐區，但那裡只有一對像是學生的情侶，趴在塑膠桌上熟睡著。他們兩個人的腦袋和兩個草莓奶昔的杯子整齊地排列在桌子上，有如一件前衛的藝術品。因為兩人都像是睡死了一樣，我認為不去管他們，他們也不會妨礙我們辦事，便將槍口轉向櫃台裡面。

麥當勞的職員一共有三個人。櫃台小姐；應該不到三十幾，蛋型臉，但氣色不太好的店長；像是個淡淡的影子，幾乎感覺不到什麼表情的廚房工讀生。三個人聚在收銀機前直盯著我的槍口，眼神就像是在觀看印加古井的觀光客。沒有人驚叫，也沒有撲過來。因為槍實在太重了，我只好扣著扳機，槍身擱在收銀機上。

「我可以給你們錢！」店長用沙啞的聲音說。「不過十一點時回收過，現在錢不多，請統統拿走吧。我們有保險，沒有關係。」

「請放下前面的鐵門，把招牌的燈關掉！」妻子說。

「請等一下！」店長說。「這我不能答應。如果隨便關閉店門，我會受處分的。」

妻子又將相同的命令慢慢重複了一次。

「你最好照著她的話去做！」我提出了忠告。因為店長看起來仍相當猶豫。他看看收銀機上的槍口，又看看我妻子的臉，最後無奈地關掉招牌的燈，按下控制面板上的按鈕，將正面的鐵捲門放下來。我一直盯著他趁機去按什麼警鈴之類的裝置，可是麥當勞漢堡連鎖店看來是沒有裝設保全。或許沒有人會想到速食店會被襲擊吧。

正面的鐵捲門關好時發出有如用球棒擊打油桶一樣的巨響，可是趴在桌上的情侶依然沉睡著。我已經很久不曾看過有人睡得如此安穩了。

「外帶三十個大麥克！」妻子說。

「我多給些錢。請你們找別家店買回去拿吃，好嗎？」店長說。

「否則我們的帳目會非常麻煩，也就是說——」

「你最好照著她的話去做！」我又重複了一次。

三人一同進了廚房，開始做起那三十個大麥克。工讀生煎著漢堡肉，店長將肉夾進麵包中，櫃台小姐則負責用白色包裝紙包起來。這一段時間裡沒有人開口說話。我倚靠在大型冷凍櫃上，將霰彈槍的槍口對著鐵板上方。有如水珠般的褐色漢堡肉並排在鐵板上，發出滋滋的聲音。煎肉的香味有如一群看不見的小蟲，從全身的毛孔鑽進我的身體裡，混入血液中在體內四處遊走，最後全都在我身體中心所產生的飢餓空洞中集結，並緊緊附著在那粉紅色的壁面上。

雖然很想立刻從一旁越堆越多、包好白色包裝紙的漢堡中抓一兩個來大啖一番，但我無法確定這麼做是否符合我們的目的，還是等三十個漢堡全部做好之後再說。廚房裡非常熱，我的滑雪面罩裡開始滲出汗來。

三個人做著漢堡，還不時偷瞄一下槍口。我不時用左手小指尖挖挖兩邊的耳朵。只要一緊張，我的耳朵裡就會發癢。可是一隔著滑雪面罩挖耳朵，槍身就不安定地上下搖擺晃動，似乎也使得他們三個人的情緒有幾分混亂。其實槍上的保險一直沒有打開，不必擔心走火，但他們三個並不知情，而我也不打算特地去告訴他們。

在我將槍口朝向鐵板，監督那三人做漢堡時，妻子則邊留意用餐區，邊數著做好的漢堡。她將包好的漢堡整齊地放進紙袋，每個紙袋裡裝了十五個大麥克。

「為什麼非這麼做不可呢？」櫃台小姐問我。「拿了錢走人，去買自己喜歡吃的東西不是比較好嗎？可是你們卻偏要吃三十個大麥克，這到底有什麼用意？」

我什麼也沒有回答，只是搖搖頭。

「雖然覺得很抱歉，但是誰叫麵包店晚上都不開呢？」妻子對她說明。「如果麵包店開著，就一定去襲擊麵包店了。」

這樣的說明是否有助於他們瞭解狀況，我非常懷疑，但總之他們就此不再開口，靜靜地煎著肉、夾進麵包裡，再用包裝紙包起來。

等到兩個紙袋裝進了三十個大麥克之後，妻子又向櫃台小姐點了兩杯大可，並且付了那部分的帳。

「除了麵包以外，其他都不會白拿。」妻子向櫃台小姐說明。她以複雜的姿勢動了一下腦袋，既像是點頭，又像是在搖頭。大概是想要同時進行那兩個動作吧。我覺得自己多少能夠體會她的心情。

妻子接著從口袋裡拿出打包用的細繩——她準備得還真周到——非常有技巧地將三人綁在柱子上，好像是在縫釦子一樣。他們大概也明白多說無益，乖乖地任由擺布。即使妻子問「會不會痛？」、「想去上廁所嗎？」他們也都不發一言。我用毛毯包好槍，妻子兩手拿著印有麥當勞商標的紙袋，從鐵捲門下鑽了出去。直到這個時候，用餐區的那兩個人仍然像深海魚一樣沉睡著。到底什麼事情才能夠將他們從沉睡中喚起，令我覺得非常納悶。

開了三十分鐘車之後，我們找了棟合適的大廈將車停進停車場，盡情享受漢堡和可樂。我一共將六個大麥克塞到空洞的胃裡，她吃了四個。既使如此後座還剩下二十個大麥克。隨著黎明到來，我們那原先以為會永無止境的飢餓也消失了。晨曦將大廈髒污的外牆染成了淡紫色，也使得「SONY BETA Hi-Fi」的巨大廣告塔放出炫目的光。長途貨車不時從旁邊經過，轟隆的車輪聲中似乎還聽得到有烏鴉叫聲夾雜其中。FEN（Far East Network）正在播放鄉村音樂。我們倆合抽了一根香菸。菸抽完後，妻子把頭輕輕靠在我的肩上。

「不過，妳真的認為有必要這麼做嗎？」我再次試著問她。

「當然囉。」她回答後只深深嘆了一口氣就睡著了。她的身體就像貓一樣輕柔。

只留下我一個人後，我便從小船上探出身子望向海底，卻已經看不到海底火山了。平靜的水面映著藍天，微小波浪有如隨風搖曳的絲質睡袍般輕拍著船舷。

我躺在船底，閉上眼睛，等待漲潮將我帶往最適合的地方。

象の消滅×象的消失

我是由報紙上得知，町上的大象由象舍中消失了。當天，我和往常一樣，被設定在六點十三分的鬧鐘叫醒，去廚房泡咖啡、烤了土司麵包，然後打開調頻收音機，一邊咬著土司一邊把早報攤開在桌子上。因為我是由第一頁開始依序看報的那種人，在看到大象失蹤這則消息時已經花了不少時間。首先是頭版有關貿易摩擦和星戰計畫的消息，接著是國內政治版、國際政治版、經濟版、讀者投書、副刊、房地產廣告、體育版，然後才是地方新聞。

大象失蹤的報導是地方版的頭條。首先映入眼簾的是「某某町大象失蹤不明」，以地方版來說相當大的標題，接著是一段「町民深感不安，將追究相關管理責任」的小標，還刊登了一張有多名員警在空象舍蒐證的照片。沒有象的象舍總令人覺得不太自然。因為過於空蕩而顯得毫無表情，看起來就像是被挖除內臟、經過乾燥處理的巨大生物。

我拍掉落在報紙上的麵包屑，逐行仔細閱讀這則報導。報導指出，有人發現大象不見了，是在五月十八日（也就是昨天）的下午兩點。團膳公司人員（大象是以町立小學學生們的剩飯作為主食）和平常一樣以卡車送達大象的飼料時，發現象舍已是空的。銬在象腳上的鐵鐐仍上著鎖留在原處，好像大象把整隻腳從裡面拔走了一樣。失蹤的不是象而已，一直負責照顧大象的男性飼育員也和大象一起失踪。

最後有人看到大象和飼育員，是在前天（也就是五月十七日）傍晚五點多。有五名小學生來到象舍寫生，用蠟筆畫大象一直畫到那個時候。這些小學生就是大象的最後目擊者，之後就沒有人再看到象了——報紙上這麼寫著。因為只要六點鐘鈴聲一響，飼育員就會關閉大象廣場的門，不讓任何人進入了。

五名小學生異口同聲表示，當時大象和飼育員看起來都毫無異狀。大象和往常一樣，只是溫馴地站在廣場的正中央，偶爾左右晃動一下鼻子，或是瞇起那滿是皺紋的眼睛。大象已經很老了，老到連移動身體都十分吃力，第一次看到這頭象的人，甚至都會覺得牠好像隨時會倒地不起而感到不安。

大象會被本町（也就是我所居住的町）收養，就是因為年紀太大了。當郊外的小動物園因經營困難而關閉時，所有動物都透過動物仲介業者轉送到全國各地的動物園去了，只有這頭象因為年紀太大，找不到願意收留牠的地方。各地的動物園都已經象口飽和，而且也沒有哪一家動物園有這種閒工夫，去照顧這麼一頭垂垂老矣、隨時有心臟病發而暴斃之虞的大象。因此，就在其他動物夥伴都走得一隻不剩後，這頭象還在那如同廢墟的動物園裡，無所事事地——話雖如此，但牠原本就沒有特別要做什麼——獨自待了三、四個月之久。

不論對動物園或是町方來說，這都是個頭痛的問題。園方已將動物園的土地賣給建設公司，業者打算在此興建高層住宅大樓，而町府也已核發開發許可。處理大象所耗費的時間越長，資金所積壓的利息就越可觀。儘管如此，卻也不能就這樣把象殺掉。如果是蜘蛛猴或蝙蝠則又另當別論，要殺一頭象很難避人耳目，東窗事發一定會引起大問題。於是三方面共同協商，達成了處理年老大象的協議。

1. 大象成為町有財產，免費由町方接收。
2. 建設公司無償提供收容大象的設施。
3. 飼育員的待遇由動物園方面負責。

這便是這三者間的協議內容。正好是一年前的事。

對於這個「象問題」，我個人一開始就很感興趣，報紙上與象有關的報導，我一則不漏地都做成了剪報；町議會討論象問題時，我也曾去旁聽，所以現在才能夠正確說明這件事的原委。雖然話說起來會有點長，但這個「象問題」的處理經過或許和大象消失有相當密切的關係，在此先交代一下。

町長簽下這份協議，好不容易才讓大象安頓下來時，町議會的在野黨（之前我並不知道町議會竟然還有在野黨）卻帶頭發起了反對運動。

「為什麼本町非收大象不可？」他們質問町長。他們的主張表列如下（很抱歉出現了這麼多表列，但我覺得這樣比較容易瞭解）：

1. 象問題乃是動物園和建設公司等私人企業的問題，町府沒有理由介入。
2. 管理費、飼料費等耗費公帑。
3. 安全問題該如何解決？
4. 本町自行飼養大象到底有何好處？

「在飼養大象之前，町府該為地方做的事不是還有很多嗎？像是整建下水道、添購消防車等等。」他們展開了論戰，話雖然說得很含蓄，其實卻是在暗指町長和業者之間可能有私下勾結。

町政府有以下的回應。

1. 高層住宅大廈如能完工，町政府的稅收將會大增，飼養大象的費用等自然不成問題。這樣的計畫當然與町政府有關。

2. 大象年歲已高，食量並不大，也完全沒有傷人之虞。

3. 如果大象死了，業者所提供的大象飼養地便成為町有財產。

4. 大象成為本町的精神象徵。

經過冗長的討論之後，大象終於被本町留下來。由於這裡自古以來就屬於郊外的住宅區，居民大多過著比較寬裕的生活，町庫也很充裕。收養一頭無處可去的大象，這種作為很能夠博得人們的好感。畢竟，與下水道和消防車比起來，人們的確比較傾向對年老的大象表示善意。

我也贊成町裡飼養大象。雖然我對於要興建一大片高層住宅大廈感到厭惡，但自己町能夠擁有一頭大象，實在是件相當不錯的事。

開墾山林，並將老舊的小學體育館移建過去做為象舍。一直在動物園負責照顧大象的飼育員，也跟著搬過去住。小學生們營養午餐的剩飯，則成了大象的飼料。於是大象被拖車從關閉的動物園運到了新居，要在那裡度過餘生。

象舍的落成儀式，我也去參加了。在大象前面，町長發表演說（關於本町的發展和文化設施的充實）；小學生代表朗誦作文（象爺爺，希望您健康長壽云云），並舉辦大象寫生比賽（後來大象寫生便成為鎮內小學美術教育中不可或缺的重要戲碼）；兩名穿著飄逸洋裝的年輕小姐（並稱不上是美女），各獻給大象一片香蕉。大象幾乎是身體一動也沒有動，一直在忍耐這沒有什麼意義——至少對象來說是完全無意義——的儀式，帶著一雙可說是無意識的矇矓眼神，大口嚼著香蕉。大象吃了香蕉之後，眾人便一同鼓掌。

大象的右後腳銬著一個結實的鐵環。鐵環上連著一條長約十公尺的粗鐵鍊，鐵鍊的另一端牢牢固定在水泥座上。這一看就知道十分堅固的鐵環和鐵鍊，是大象用盡力氣，花一百年也無法弄壞的。

大象會不會在意這個腳鍊，我並不清楚，但至少從表面上看來，牠似乎並不關心環繞在自己腳上的這個鐵塊。大象一直以怔怔的眼神望著空間中不知名的某一點。風一吹，耳朵和白色的體毛就輕輕晃動。

負責照顧大象是一個瘦小的老人，實際年齡不詳，或許是六十出頭，也可能快八十歲了。在這個世界上，有些人只要過了某個歲數，外表就不再受年齡所影響，他便是這麼一個人。皮膚好像不論夏天或冬天都一樣曬得黝黑，頭髮硬而短，一雙小眼睛。這樣的長相說不上有什麼特徵，但由於整個臉很小，那一對近乎圓形的招風耳便顯得格外醒目。

他絕非一個冷漠的人，只要有人主動攀談，他一定會好好回答，謹守著應對的分寸。只要他願意──雖然會讓人感覺有幾分生硬不自然──還是可以表現得很親切。但原則上，他是個沉默而孤獨的老人。他似乎很喜歡小孩，只要有小孩子來，他一定會特意親切招呼，但小朋友們卻還是對老人懷有戒心。

能和這位飼育員心意相通的只有象而已。飼育員住在緊臨象舍搭建的組合小屋裡，從早到晚片刻不離照顧大象。大象和這位飼育員已經相處了十年以上，人獸之間的關係非常親密，只要一個小動作或是眼神就可以看出來。如果飼育員想叫杵在某處的大象移動，只要站在大象旁邊輕輕拍拍牠的前腿，並且在牠的耳邊低喃幾句就可以了。這樣，大象便會像是很吃力地緩緩搖晃著身軀，正確地移動到指定的地點，然後又凝視著空中的某一點。

每逢週末，我都會來到舍旁仔細觀察這樣的作業，但還是無法理解到底是基於什麼原因，使得人獸間的溝通得以成立。或許大象聽得懂簡單的人話（畢竟夠長壽的了），又或許是能夠理解拍腿方式所要傳遞的訊息。還有一種可能，就是大象具有類似心電感應的特殊能力，藉此便能夠瞭解飼育員的想法。

有一次我曾問這位老飼育員：「您是如何命令大象的呢？」老人只是笑著回答：「因為相處已經很久了。」除此之外就沒有多做說明了。

總之，就這樣平安無事地過了一年。然後大象就突然消失了。

我喝著第二杯咖啡，將這則報導從頭再仔細看了一遍。這是一篇相當奇妙的報導。就像是福爾摩斯會敲著菸斗說：「華生，你來看看，這裡有一則非常有趣的報導喔。」那一類的報導。

這篇報導會給人奇妙印象的主要原因，想必是撰寫報導的記者腦袋裡充滿了疑惑和混亂吧。這種疑惑和混亂的起因，顯然是狀況的不合理。記者雖然巧妙迴避了這種不合理，竭盡全力去寫出一篇「正常的」新聞報導，卻反而將自己的疑惑和混亂推向致命的地點。

例如報導中採用「大象逃脫」這樣的敘述，但整篇報導卻是一目了然，大象並不是逃脫了。很明顯的，大象是「消失」了。記者這種自我矛盾，表現在「在細節上還留下許多疑點」這一段話。但我卻怎麼也無法同意，這可以用「細節」或「疑點」這種一般用語去敷衍過去。

第一個問題出在銬住象腳的鐵環。鐵環仍然上著鎖留在原地。最適切的推論是飼育員打開鎖放開象腳，然後再把鎖鎖好，和大象一起逃走（當然報紙上也緊抓著這個可能性），但問題是飼育員並沒有鑰匙。鑰匙只有兩把，為了確保安全，一把存放在警察局的保險箱裡，另一把則放在消防隊的保險箱中。飼育員——或其他人——想要從那裡偷走鑰匙，首先就不可能。就算有這個萬一，也不必在使用之後還特地放回保險箱裡。何況根據第二天早上的調查，兩把鑰匙都還好好收藏在警察局和消防隊的保險箱裡。要能夠不使用鑰匙而將大象的腳從那麼堅固的鐵環中弄出來，除非是用鋸子把腳鋸斷，否則絕無可能。

第二個問題是脫逃的途徑。象舍和「大象廣場」圍場三公尺高的堅固柵欄。大象的安全管理曾在議會中受到批評，認為如此牢固的保全措施，對於一頭老象來說太小題大作了。柵欄是以水泥和粗鐵條打造（費用當然是由建設公司支付），入口只有一處，而且是由內側上鎖。大象應該是無法越過這道有如要塞般的柵欄出去。

第三個問題是腳印。象舍後面是一處陡峭的山丘，大象應該爬不上去，如果大象真的用某種方法把腳從鐵環中弄出來，又用某種方法越過了柵欄，牠也只能由正面的道路逃走。可是在這樣鬆軟的沙土路並沒有留下任何腳印。

總之，綜觀這一篇充滿了困惑和勉強修辭學的新聞報導，實在找不出任何可以做為事件結論的本質。換句話說，大象並不是脫逃，而是「消失」了。

但不用說，不論報紙、警方或是鎮長，至少在表面上絕對不會承認大象消失了這個事實。警方以「大象遭人以巧妙的計畫偷走，或是脫逃了」為方向進行偵辦，並樂觀地預測「要把大象藏起來非常困難，破案只是時間的問題」。於是警方要求近郊的獵友會及自衛隊的狙擊部隊協助，準備進行搜山。

町長召開了記者會（這則記者會的消息是刊登在全國社會版而非地方版），對於町政府警備體制的疏忽深表歉意。但町長同時也強調「本鎮的大象管理體制，絕不比全國任何一家動物園的相同設施遜色，而且安全性遠超過標準」，並表示「這是一件充滿惡意、危險而又無意義的反社會行為，絕對不可原諒。」

在野議員們的說法是「與企業勾結，草率處理象問題而殃及鎮民，應追究町長的政治責任」，仍然和一年前相同。

某位母親（37歲）表示：「短時間內是無法放心讓孩子們出去玩

了。」（面帶不安）

報紙上刊載了本町收養大象的詳細經過，以及一張大象收容設施的示意圖。其中還包括大象的簡歷與有關飼育員（渡邊昇，63歲）的報導。渡邊昇飼育員出身於千葉縣館山，長期擔任動物園哺乳類飼育員，「因為具有豐富的動物相關知識，人品篤實，深受相關人士的信賴。」大象是二十二年前從東非送來的，實際年齡不詳，更不瞭解牠的性情。

報導的最後，是警方希望町民能夠提供一切與大象有關的線索。我喝著第二杯咖啡，針對這點想了一下，還是決定不要打電話給警察。一來我不喜歡和警察打交道，再者我也不認為警方會相信我所提供的情報。對這些不會認真去考慮大象消失的可能性的傢伙，不管說什麼都是白費唇舌。

我從書架上拿出剪貼簿，將報紙上與象有關的報導都剪下來夾進去。然後把杯子和盤子洗乾淨，出門去上班。

晚上七點鐘的NHK新聞，報導了搜山的狀況。獵人們帶著裝上麻醉彈的大型來福槍，和自衛隊員、警察、消防隊員，在近郊的山上做地毯式的搜索，還有好幾架直升機在空中盤旋。雖說是山，也不過是東京郊外住宅區附近的山地。出動這麼多人馬，應該在一天之內就可以整個搜索一遍，何況目標又不是侏儒殺人魔，而是一頭非洲巨象，能夠藏身之處十分有限。但一直到了傍晚，依然沒有發現大象。警察局長在電視上表示：「搜索行動還是會持續下去。」新聞主播的結語是「到底是什麼人，用什麼方法讓大象逃走，又藏在哪裡呢？而動機何在？這一切都還是個謎團。」

搜索行動持續了好幾天，但一直都找不到大象，有關當局也找不到任何蛛絲馬跡。我每天仔細看報，只要是有關的報導都一一剪下收進剪貼簿裡，連與象事件相關的漫畫也不錯過。剪貼簿很快就滿了，因此我不得不去文具店買一本新的。儘管報導的數量如此龐大，我想知道的相關事實卻一項也沒有提到。報紙上只有「依然行踪不明」、「搜查陷入膠著」、「背後是否有神祕組織」這一類無意義而又弄錯方向的東西。在大象消失一個星期之後，相關的報導便顯著減少，最後就幾乎看不到了。週刊雜誌上也出現了幾篇有趣的報導，有的甚至還出動了通靈人，但最後都不了了之。看來人們是把大象事件歸於已有許多案例的「不解之謎」的範疇中了。一頭年老的象和一名年邁的飼育員從這塊土地消失，對於社會趨勢並不會造成任何影響。地球仍然單調地旋轉著；政治家繼續發表不太靠得住的聲明；人們打著呵欠去上班；小孩子繼續應付考試。在這永無止境，不斷反覆的日常生活浪潮中，一頭行蹤不明的象是不會一直讓人感興趣的。就這樣，不具任何特徵的幾個月，就如同從窗外行車而過的疲憊軍隊一樣過去了。

我經常抽空前往象舍，眺望一下象已經不在了的象舍。鐵柵的入口纏繞著粗鎖鏈，不准任何人進入。從柵欄間往裡面看，象舍門上也同樣纏繞著鎖鏈。似乎是未能找到大象的警方為了扳回一城，在沒有大象的象舍加裝了超乎尋常的保全措施。附近空蕩蕩的，沒有半個人影，只看得到一群鴿子棲息在象舍屋頂上。廣場無人整理，茂盛的夏草已是綠油油的一片，彷彿已等待這個機會等得不耐煩了。鏈住象舍門的鎖裡，讓人想到在叢林中緊緊看守已化為廢墟的皇宮的大蛇。大象不在之後僅僅幾個月，就為此地帶來某種宿命般的荒蕪，如雨雲般鬱悶的空氣瀰漫在四周。

我遇到她，是在九月快要接近尾聲的時候。那一天從早到晚一直下著雨。是在那個季節經常下著的輕柔而單調的細雨。那種雨會逐漸將烙印在地表的夏天記憶沖洗掉。所有的記憶都經由水溝流到了下水道或河川中，再運往深邃幽暗的大海。

我們是在我的公司所舉辦的行銷酒會上認識的。我任職於一家大型電器製造公司的廣告部門，當時公司為配合秋天結婚季節和冬天年終獎金時期而推出一系列廚房電器製品，由我負責公關工作。與多家女性雜誌交涉刊登配合報導，也是我的任務。雖然這不是件多費腦筋的工作，但必須請對方在整理內容時掌握住要領，不能讓讀者嗅出廣告的味道。而交換條件就是雜誌上要刊登我們的廣告。這個世界講究的就是共生。

她是一份以年輕主婦為對象的雜誌的編輯，為了取得資料而來會場採訪。我正好有空，就為她說明這一系列由義大利著名設計師所設計的多彩冰箱、咖啡壺、微波爐和果汁機。

「最重要的一點在於統一性。」我說。「不論是再好的設計，如果和周圍不協調的話就完蛋了。顏色統一、造型設計統一、功能統一——這是現代Kitchen最重要的一環。根據調查，家庭主婦一天之中待在Kitchen的時間最長。Kitchen是主婦的工作場所、書房、起居室，所以她們會努力使Kitchen成為更加舒適的空間。問題並不在於大小。不論坪數大小，要打造優質的Kitchen只有一個原則，那就是簡單化、功能性、統一性。這一系列的產品就是依據這個概念來設計的。請妳看一下這款Cooking Place——」

她點點頭，在小筆記本上記下重點。她對收集這些資料並不特別感興趣，而我個人也不怎麼關心Cooking Place。我們只是各自在盡工作的本份而已。

「你非常清楚廚房的事情嘛。」聽完我的說明後，她說。

「因為這是我的工作。」我帶著職業性的笑容回答。「不過，我倒是滿喜歡做菜的。雖然只會一些簡單的菜色，但是我每天都下廚。」

「廚房真的需要統一性嗎？」她問。

「不是廚房，是Kitchen。」我糾正她。「雖然怎麼說都可以，但這是公司決定的說法。」

「不好意思。不過，Kitchen真的需要統一性嗎？依你個人的想法來說。」

「我個人的想法是除非解掉領帶，否則就無可奉告的。」我笑著說。「不過今天特別來講講好了。就廚房來說，我認為還有幾項要素應該排在統一性之前。不過，這些要素並不能成為商品。在這個便宜行事的世界上，不能商品化的特質可以說不具任何意義。」

「世界真的成立於便宜行事之上嗎？」

我從口袋裡掏出香菸銜在嘴裡，用打火機點上火。

「只是想嘗試一下這麼說罷了。」我說。「用這種說法，很多事情就會比較容易瞭解，工作起來也容易。就像是遊戲一樣。不論是本質的權宜性或是權宜的本質，各種說法都可以成立。如果用這種方式來思考的話，就不會有糾紛，也不會造成複雜的問題。」

「你的看法相當有趣。」她說。

「也說不上什麼有趣。每個人應該都想得到吧。」我說。「對了，要不要來點香檳？這裡的香檳不錯。」

「好啊，謝謝。」

隨後我和她喝著冰過的香檳聊起來，並從談話中發現彼此間有好幾個共同的熟人。因為我們所屬的業界並不是很大，只要丟幾顆石頭，就會打到一、兩個「共同的熟人」。再加上我妹妹正好和她畢業於同一所大學，有了這幾個名字作為引子，我們才得以較順利地將話題逐漸擴大。

她和我都是單身。她二十六歲，我三十一歲，她戴隱形眼鏡，我戴眼鏡；她稱讚我的領帶顏色，我讚美她的上衣。我們聊到了彼此的公寓房租，甚至還互相抱怨薪水和工作。總之，我們已經變得相當親密了。她是一位非常有魅力的女性，而且不會給人壓迫感。我只不過站著和她聊了二十分鐘，就找不到任何理由不對她產生好感。

酒會快要結束時，我約她到這家飯店的酒吧，坐下來繼續聊。在酒吧的大窗外，可以看到初秋的雨。雨一直無聲無息地下著，使得遠方街道上的光看起來彷彿是要表示各式各樣的訊息。酒吧裡沒什麼客人，四周被一股潮溼的沉默所支配。她點了一杯冰霜凍戴克瑞（Frozen Daiquiri），我點了威士忌on the Rock。

我們邊喝自己的飲料邊聊著，話題就和初次見面、變得比較親密的男女一起在酒吧裡聊的一樣，像是大學時代、喜歡的音樂、運動、生活習慣之類的。

然後，我就講到了大象。為什麼會突然提到大象，我實在想不出任何關連。大概是聊到了什麼動物，讓我聯想到大象了吧。或許是我在潛意識中非常想找個人——一個很談得來的人——談一談我對大象消失這件事的看法。或許純粹只是仗著酒意也說不定。

可是話一出口，我立刻發現自己扯到了在這種狀況下最不適合的話題。我實在不應該提到有關象的事。再怎麼說，那都應該是一個已經完結了的話題。

雖然我隨即就想打住象的話題，但不巧的是，她比一般人要關心大象消失事件，一聽我說常去看象，便接二連三問了好些問題。

「是什麼樣的象？你認為牠是如何逃走的？平常吃些什麼？有沒有危險啊？」這一類的事。

對這些，我都只依照報紙上刊載的方式做一般性的概略說明。可是她似乎從我的語氣中聽出了些許不自然的冷淡。我一直是個不善於說謊的人。

「你知道大象失蹤的時候，一定非常驚訝吧？」她喝著第二杯戴克瑞，並隨口問道。「一頭象突然消失，是誰都無法預測的。」

「是啊。或許是吧。」我說著拿起裝在玻璃盤中的蝴蝶餅（pretzel）掰成兩截，吃掉了半個。侍者繞過來換了一個乾淨的菸灰缸。

她仍深感興趣地盯著我看了好一會兒。我又拿出一根菸銜在嘴上，點了火。雖然已經戒菸三年，但自從大象消失之後，我又開始抽菸了。

「你說或許，是指可能有人能夠預測到大象會消失嗎？」她問。

「沒有人能夠預測的啦。」我笑著說。「大象會在某一天突然消失，這種事並無前例，也沒有必然性。而且也不合理。」

「可是你的說法非常奇怪，不是嗎？我說的是『一頭象突然消失，是誰都無法預測的』，但你的回答卻是『是啊。或許是吧』。一般人是不會這麼回答的，他們應該會說『那當然』或是『想猜也猜不到啊』。不是嗎？」

我不置可否地點點頭，舉手招來侍者，又點了一杯威士忌加冰塊。在酒送來之前，沉默暫時持續著。

「我實在是不明白。」她用平靜的語氣說。「在提到大象之前，你說話一直很有條理。可是一談到象，你說話的方式就忽然變得非常奇怪。我完全聽不懂你要說什麼。到底是怎麼了？大象的事有哪裡不對勁嗎？還是我的耳朵怎麼了？」

「妳的耳朵沒有問題。」我說。

「那是你有問題囉？」

我將手指伸進杯子裡攪動冰塊。我很喜歡冰塊碰撞威士忌酒杯時所發出的聲音。

「其實也沒有嚴重到成為問題的地步。」我說。「只是些小事罷了。沒有刻意要去隱瞞，但也沒有自信能夠說得清楚。如果要說奇怪，這件事還真的有些奇怪。」

「怎麼說呢？」

我無奈地喝了口威士忌，然後開始說下去。

「令我在意的點是，我可能是那頭消失了的象的最後目擊者。我看到大象是在五月十七號傍晚七點多，有人發現大象不見了是在第二天中午過後，在那之間沒有其他人看過象。因為傍晚六點象舍就關閉了。」

「你的話不太合理。」她凝視著我的眼睛說道。「既然你說象舍已經關了，為什麼你還能夠看到象呢？」

「象舍後面有一座像懸崖的小山。不知道是什麼人的產業，也沒有一條像像樣的路，但唯獨那裡有一處可以從象舍的後面看進去。這件事大概只有我一個人知道。」

我會發現那個地點完全是偶然。有一個星期天下午，我到後山散步時迷了路，就在憑著感覺找路時，碰巧走到了那個地方。那裡有一塊可供一個人躺下的平地，從灌木叢間往下看，象舍的屋頂正好就在下面。屋頂下方有一個相當大的通風口，可以從那裡清楚看到象舍內部。

從此以後，我就經常前往那裡，眺望回到象舍裡的象。這漸漸成了我的習慣。如果要問我，為什麼會這麼不嫌麻煩特地去做那種事，我也答不上來。我只是想看看大象在私人時間裡的模樣而已，並沒有多麼深遠的理由。

象舍中暗了以後當然就看不到象了，但是在剛入夜時，飼育員會打開象舍裡的電燈做照料的工作，因此我能夠很仔細地觀察那模樣。

我首先注意到的是，象舍中只有他們兩個時，大象和飼育員之間，看起來要比在公開場合所表現的更為親密。這只要一看到他們之間的舉動就會明瞭。就好像他們在白天時將彼此之間的親密謹慎地保留起來不讓別人發現，到了只屬於兩人的夜晚才表現出來。話雖如此，他們在象舍中並沒有什麼特殊的行為。象回到象舍後仍然愣愣地站著，而飼育員也只是用大刷子清洗象的身體，把地上的巨大糞塊掃起來，準備餵食等等，做著這些飼育員的份內的工作而已。雖然僅僅如此，我卻看得出那份人獸之間基於相互的信任感所醞釀出來的獨特溫情。飼育員在掃地的時候，大象會舉起鼻子輕輕敲他的背。我很喜歡看大象這種模樣。

「你一直很喜歡象嗎？除了那頭象以外……」她問。

「是啊。我想是吧。」我說。「象這種動物，具有某種能夠觸動我的心的特質。我很久以前就發現了，但並不清楚是為什麼。」

「於是那天太陽下山之後，你又一個人跑到後山去看大象了嗎？」她說。「嗯──五月的……」

「十七號。」我說。「五月十七號傍晚七點左右。那時候白天已經變得相當長了，天空還留著一抹晚霞。但象舍中已亮起了明亮的燈光。」

「那時大象和飼育員都沒有什麼異狀吧？」

「可以說沒有異狀，也可以有。我沒有辦法正確地描述。因為那並不是近在眼前所看到的事情。作為一個目擊者來說，並不是那麼值得信任。」

「到底發生了什麼事？」

我喝了一口被融化的冰略微稀釋的威士忌。窗外仍下著雨，沒有變大，也沒有變小。看起來就如同恆久維持靜止的風景的一部分。

「並沒有發生什麼事。」我說道。

「大象和飼育員都和平常一樣，掃地、吃東西、親密地捉弄一下對方。平常就都是這樣的。但是我注意到了一點，那就是均衡感。」

「均衡感？」

「也就是大小的均衡，大象和那個飼育員體型的比例。我覺得那比例好像和往常不太一樣。大象和飼育員體型的差距好像縮小了。」

有好一會兒，她的視線一直落在自己手中的戴克瑞酒杯上。杯裡的冰融化了，可以看見那水就像小海流般正往雞尾酒的縫隙裡鑽去。

「你是說象的身體變小了嗎？」

「或是飼育員變大了，或是兩者同時發生。」

「這件事你沒有告訴警方吧？」

「那當然。」我說。「這種事即使說了，首先警方就不會相信，而且如果說出那個時間還在後山觀察大象，懷疑到我頭上來那可就慘了。」

「不過，你確定那均衡跟平常不一樣嗎？」

「大概吧。」我說。「我也只能說大概吧。既沒有任何證據，而且剛才也說過好幾次，我只是從通風口往裡面看而已。不過，我已經在同樣條件下看過大象和飼育員不下數十次了，我不認為自己會把那種大小的均衡弄錯。」

是了，我想那或許是眼睛的錯覺。當時我好幾次試著閉上眼睛或搖搖頭，但再看向大象時大小都沒有變化。看起來象的確是縮小了。原先我甚至還以為那是鎮裡又增加了一頭新的小型象。但又沒有聽說過這回事——而且我也不可能遺漏與象有關的新聞——那麼，除了原來的老象由於某種原因突然縮小之外別無他想。而且仔細一看，那頭小型象的一舉一動，就和老象平常的模樣完全相同。象在洗澡時會興奮地用右腳踩著地面，用那變細了幾分的鼻子撫著飼育員的背。

那真是不可思議的光景。一旦凝神由通風口往裡面看，只覺得象舍中有一股性質不同的冷冽時間性正在流動。而且我認為象和飼育員對於自己會被捲進去——或是已經有一部分被捲進去——那個新體系，似乎也樂於委身其中。

我認為自己眺望象舍的時間應該不到三十分鐘。象舍比平常提早許多熄燈，七點半燈就關了，使得全境為黑暗所吞沒。我留在那裡想等象舍的燈再亮起，但並沒有如願。那就是我看到大象的最後一刻。

「那麼，你認為大象是那樣繼續縮小，然後從柵欄間逃走，還是完全消失了呢？」她問。

「不知道。」我說。「我只是希望能夠盡量回憶起自己親眼看到的東西，其他的就都沒有多想了。因為親眼所見的印象太過強烈，老實說，我實在無法由此去做任何類推。」

這就是我有關象的消失的整個故事。正如我當初的預料，這個故事並不適合剛認識的男女拿來當作話題，因為太特殊了，而且本身也過於完整。在我結束這段話之後，兩個人之間暫時沉默下來。在有關消失了的象這個幾乎無處可著力的話題後，到底該用那一種話題來接下去，我和她都想不出來。她用手指撫著雞尾酒杯的杯口，我則反覆讀了杯墊上的印刷字大約有二十五次之多。我果然是不該提到象的事情。那並不是適合毫無保留對別人說的事。

「以前，我們家也曾經有一隻貓突然不見了。」好一陣子之後她才開口。「不過，貓的消失和象的消失好像不能相提並論喔。」

「應該是不行吧。畢竟大小就不能比。」我說。

三十分鐘之後，我們在飯店門口道別。但她忽然想起雨傘忘在酒吧裡，我便搭電梯回去拿。是一把握柄很大的磚紅色傘。

「謝謝。」她說。

「晚安。」我說。

此後我就沒有再見過她。只有一次我們曾通電話討論廣告報導的細節。那時我很想約她一起吃飯，最後還是沒有開口。在講著電話之間，不知道為什麼，覺得那好像已經變得無所謂了。

自從經歷了象的消失之後，我經常會有這種心情。即使想試著去找些事來做，那行為理應產生的結果，與迴避那行為應該會帶來的結果，其間的差異我都已經無法分辨了。我時常會有一種感覺，好像周遭的事物都失去了原本正常的均衡。或許那是我的錯覺。自從大象事件後，我體內的某種均衡便崩解了，或許是這樣才使得外界的許多事物在自己眼裡都變得非常奇妙。那責任應該在我身上吧。

我仍在如同往常一樣的便宜行事的世界中，憑著便宜行事的記憶殘像，去推銷冰箱、烤箱和咖啡機。我越能夠便宜行事，產品就賣得越好——行銷活動的成功甚至超過我們過於樂觀的預期——我越來越為人們所接受。或許人們在世界這個Kitchen裡追求著統一性吧。設計的統一、色彩的統一，功能的統一。

報紙上已不再刊登象的報導了。看來人們已完全忘記了他們居住的町曾經擁有一頭象。大象廣場上茂密的野草枯了，周遭已經可以感覺到冬天的氣息。

象和飼育員已經消失，他們再也不會回來這裡了。

ファミリー・アフェア×家務事

這種例子在世界上或許非常普遍——我對妹妹的未婚夫始終沒有什麼好感。而且隨時間的增加，我甚至對居然決心嫁給這種男人的妹妹產生懷疑。老實說，我覺得很失望。

之所以會這麼想，或許是因為我生性褊狹吧。

至少妹妹是這麼認為的。雖然在表面上我們都不以此為話題，但妹妹非常清楚我並不喜歡她的未婚夫，而且我這個樣子似乎也讓她很不高興。

「你對事情的看法太褊狹了。」妹妹對我說。當時我們正在談論義大利麵。也就是說她是指我對義大利麵的看法太褊狹了。

但是，妹妹當然並不只是針對義大利麵這個問題。在義大利麵之前還有她的未婚夫，所以她其實指的是那方面的問題。這可以說是借題發揮。

事情起因於星期天，妹妹邀我中午一起去吃義大利麵。我正好也想吃義大利麵，就說「好啊」。於是我們來到車站前一家新開的雅致義大利麵館。

我點了茄子香蒜義大利麵，妹妹點了羅勒義大利麵。在上菜之前，我喝了啤酒。到此為止還沒有問題。是五月，又是星期天，而且天氣很好。

問題出在送來的義大利麵，味道之差簡直可以用災難來形容。麵的表面粉粉的，裡面卻還是硬的；奶油是連狗都不太想吃的貨色。我只勉強吃了一半，剩下的就叫女服務生收走。

妹妹不時打量著我，但當時什麼也沒有說，只是慢條斯理把自己盤裡的義大利麵吃到一根也不剩。那一段時間，我邊喝著第二瓶啤酒邊看著窗外的景色。

「喂，沒有必要故意留下那些給人家看吧！」妹妹在自己的盤子被收走之後說。

「難吃。」我簡單地回答。

「也沒有難吃到得剩下一半吧。稍微勉強一下不行嗎？」

「想吃的時候吃，不想吃的時候就不吃。這是我的胃，又不是你的胃。」

「拜託別這麼叫行不行？你啊你啊的，聽起來像是上了年紀的老夫婦一樣。」

「這是我的胃，又不是妳（君）的胃。」我立刻改正。二十歲之後，她便開始訓練我不要叫她「你」而要用妳（君）。我實在搞不懂這到底有什麼差別。

「這家店才剛開張，廚房裡的人一定還不熟練。你就不能體諒一下嗎？」妹妹邊喝著剛送來、看起來也很難喝的淡咖啡邊說。

「或許如此，但我認為把難吃的菜留下來也是一種態度。」我向她說明。

「你什麼時候變得這麼了不起了？」妹妹說。

「真難纏。」我說。「是不是生理期？」

「要你管！別亂說話好不好？你沒有理由這樣說我。」

「別生氣嘛。妳的初潮是什麼時候我清楚得很。因為遲遲不來，媽還曾經帶妳去看醫生，不是嗎？」

「再不閉嘴的話，我可要用皮包打你了！」她說。

我知道她是真的生氣了，只好閉上嘴巴。

「大概是你對事情的看法都太褊狹了。」她邊在咖啡裡多放了些奶精——一定是太難喝了——邊說。「你就只會批評事情的缺點，好地方卻看也不看，只要哪裡不合自己的標準，就碰也不碰。那副德行讓人在旁邊看了都生氣。」

「可是那是我的人生，不是妳的人生。」我說。

「但是那卻會傷害別人，給人家帶來麻煩哪。你手淫的事也一樣。」

「手淫？」我驚訝地說。「這是什麼意思？」

「你念高中的時候經常手淫而把床單弄髒，不是嗎？我也清楚得很。那種東西洗起來很累人的。要手淫就不能注意一下不要弄髒床單嗎？那就是給人家添麻煩呀。」

「我會注意的。」我說。「關於那一件事。可是我再重複一次，我有我的人生，我有我喜歡的東西，也有不喜歡的。這也是沒有辦法的事情啊。」

「但是卻會傷害別人。」妹妹說。

「你為什麼不稍微努力一下呢？為什麼不往事情好的一面去看呢？為什麼不學著忍耐一下呢？你為什麼都沒有成長呢？」

「我正在成長！」我有些受傷地說。

「我會忍耐，也會往好的一面看。只不過我的角度和妳的不一樣而已。」

「那只能說是傲慢。所以你才會到了二十七歲還找不到合適的對象。」

「我有女朋友啊。」

「只是性伴侶吧。」妹妹說。「不是嗎？每年換一個睡覺的對象，這樣快樂嗎？如果沒有愛、相互瞭解、體諒這些成分，那又有什麼意義呢？和手淫沒什麼兩樣。」

「我又沒有一年換一個。」我無力地說。

「意思還不是一樣。」妹妹說。「你能不能稍微認真思考一下，認真一點過日子？成熟一點可以嗎？」

我們的談話到此結束。後來不管我說什麼，她都不願再回答。

她對我的看法為什麼會變成這樣，我實在搞不清楚。我這種隨興的生活方式，是我這個人的固有特質，而就在一年以前，她和這樣的我還處得滿愉快的，而且對我——如果我的感覺沒有錯的話——在某種意義上來說還滿崇拜的。她開始變得喜歡批評我，是在和那個未婚夫交往之後。

我覺得這太不公平了。我和她已經相處了二十三年。我們是一對很多事情都可以坦然商量的好兄妹，幾乎沒吵過架。她知道我手淫的事，我也知道她初潮的事；她知道我第一次買保險套時的事（我十七歲），我也知道她第一次買蕾絲內衣時的事（她十九歲）。

我和她的朋友約過會（當然沒有上床），她也和我的朋友約過會（應該也沒有上床）。總之，我們就是這樣長大的。這麼友好的關係，竟然會在一年之間完全變質。這真是讓我越想越生氣。

妹妹說要到車站前的百貨公司看鞋子，我便獨自回到公寓的房間，然後試著打電話給女朋友。她不在。這也是理所當然的事。在星期天下午兩點突然打電話要約女孩子出去，會順利才怪。我放下聽筒，翻翻記事本，試了另外一個女孩子家的號碼。這是一個在迪斯可舞廳認識的大學女生。她在家。「要不要去喝個小酒？」我約她。

「現在才下午兩點鐘耶。」她不耐煩地說。

「時間不是什麼問題。喝著喝著天就黑了。」我說。「我知道有一家酒吧看夕陽很不錯，下午三點之後就佔不到好位子了。」

「你這個人真煩。」她說。

但她還是出來了。想必是個性隨和吧。我開車沿著海岸走，經過橫濱後再往前開了一點，依約來到看得見海邊的酒吧。在那裡我喝了四杯I. W. Haper的on the Rock，她則喝了香蕉戴克瑞——香蕉戴克瑞——兩杯。然後看夕陽。

「喝那麼多酒還能開車嗎？」女孩擔心地問。

「別擔心。」我說。「這點酒精對我來說是低於標準桿的。」

「低於標準桿？」

「四杯不過是小意思，別擔心，沒問題的啦。」

然後我們回橫濱吃晚餐，在車上接吻。我想邀她上賓館，她說不行。

「我放著衛生棉條呢。」

「拿出來不就得了。」

「別開玩笑，才第二天呢。」

算了算了，我心想。今天到底是什麼日子啊。早知道會這樣的話，我就和女朋友排約會了。原本還想好久沒有和妹妹這樣享受一天了，我才特地把這個星期天空出來，卻落得這種下場。

「對不起。可是我絕對沒有騙你喲。」那個女孩說。

「沒關係，別在意。這不怪妳，要怪我自己。」

「我的生理期和你有什麼關係？」那女孩一臉迷惑地說。

「不是啦。只不過是陰錯陽差。」我說。那是當然的。為什麼一個不太熟的女孩剛好生理期，非要怪在我的頭上呢？

我開車送她回位於世谷的家。途中隱約聽見離合器發出了卡噠卡噠的聲音。我嘆了口氣，看來最近非得送廠維修不可了。只要一件事情不順，一切就像是連鎖反應一樣往壞的方向流去，今天就是這種典型。

「最近可以再約妳嗎？」我問。

「約會？還是上賓館？」

「都有。」我老實說。「這種事嘛，嗯，是表裡一體的。就像牙刷和牙膏一樣。」

「哦，我考慮一下。」她說。

「不錯，多考慮頭腦才不會老化。」我說。

「你家呢？不能去玩嗎？」

「不行。我和妹妹一起住。我們約法三章，我不帶女人回去，她也不帶男人回去。」

「真的是妹妹嗎？」

「當然是真的。下次帶戶籍謄本給妳看！」

她笑了。

我目送那個女孩走進家門後才發動引擎，一路留意著離合器的聲音開回公寓。

公寓的房間裡一片漆黑。我打開門鎖，開燈，叫著妹妹的名字。但是她並不在家。我心想，已經晚上十點多了，她會去哪裡呢？然後我找了一下晚報，但沒找著。因為今天是星期天。

我從冰箱拿出啤酒，和杯子一起帶到客廳，打開音響，將賀比．漢考克（Herbie Hancock）的新唱片放到唱盤上，然後喝著啤酒等喇叭發出聲音來。可是等了很久卻一直沒有聲音。我這才想起音響三天前就故障了。雖然開了電源，聲音卻出不來。

電視也一樣有問題。因為我用的是當顯示器用的電視接收機，不透過音響就無法播放聲音。
沒辦法，我只好邊喝著啤酒邊看無聲的電視畫面。電視上正播放戰爭老片。隆美爾的裝甲部隊在非洲戰線的故事。戰車發射出無聲的砲彈，自動步槍斷斷續續發出沉默的彈音，人們在無言中死去。
唉，算了。這是我今天第十六次的——應該有這麼多次——嘆氣。

*

我和妹妹兩個人一起生活，是從五年前的春天開始。那時我二十二歲，妹妹十八歲。也就是我大學畢業踏入職場，她高中畢業要進大學那年。妹妹想到東京念大學，父母表示必須和我同住才允許。

妹妹說她無所謂，我也說可以。於是雙親為我們找了一個有兩間房間的寬敞公寓，由我負擔一半的房租。

正如前面所說，我和妹妹原本感情很好，兩個人住在一起根本不會感到有什麼痛苦。我在電機公司的廣告部門工作，早上比較晚才出門去上班，晚上又晚歸；妹妹則是一大早就去上學，差不多傍晚就回家了。因此經常是我起床時她已經出門，我回家時她又已經睡了。再加上星期六和星期天我幾乎都用來和女孩子約會，和她好好說話的機會一個星期也不過一、兩次而已。但後來我認為這種情形反倒不錯。我們不但因此連吵個架的時間都沒有，也不會干涉彼此的私生活。

雖然我認為她多半也發生過不少事，但我一概不過問。女孩子過了十八歲以後要和什麼人上床，我沒有權利干涉。

只有一次，我從凌晨一點到三點一直握著她的手。我下班回到家，看見她坐在廚房的餐桌前哭。她會坐在餐桌前哭，想必是希望我為她做些什麼吧。如果是要我別理她的話，回自己房間的床上哭就好了。也許我的確是個褊狹又自我的人，但這種事情我還懂。

於是我就坐在一旁，輕輕握住她的手。自從小學時一起去抓蜻蜓之後，我就不曾再握過妹妹的手了。她的手比記憶中——那也是理所當然的——大得多，而且也結實了。

結果她就一直維持那個姿勢，一言不發地哭了兩個小時。她的體內竟然儲存了那麼多淚水，實在令我佩服。換成是我，只要哭個兩分鐘身體就乾涸了。

可是到了三點，實在是連我都累了，差不多也該告一段落了。在這種時候，身為兄長的我不說些什麼是不行的了。雖然我在這方面很差勁，但也沒有辦法。

「我完全不想干涉妳的生活。」我說。「這是妳的人生，照自己喜歡的方式去過就好了。」

妹妹點點頭。

「可是我只有一個忠告，皮包裡最好別放保險套，免得被誤認是妓女。」

一聽到這句話，她便抓起桌上的電話號碼簿用力往我砸過來。

「你憑什麼偷看人家的皮包！」她大罵。她只要一生氣就會亂摔東西。我為了避免再刺激她，也沒有解釋我從未偷看過她的皮包。

妹妹大學畢業後進了旅行社工作，但我們這種生活模式仍絲毫沒有改變。她的公司是標準的朝九晚五的，而我的生活卻越來越散漫。快中午才進公司，坐在辦公桌前看報、吃午飯，下午兩點左右才真正開始工作，傍晚時和廣告公司談談、喝酒應酬，每天都搞到半夜才回家。

在旅行社上班的第一年暑假，她和一位女性友人同遊美國西岸（當然有折扣），並且認識了旅行團中一個大她一歲的電腦工程師。回到日本之後，仍然經常和他約會。雖然這是常見的事，但絕不可能發生在我身上。我最討厭這種全部包辦的旅行團了，而且一想到要在那種情況下去認識什麼人就覺得很煩。

但是自從和那個電腦工程師交往之後，妹妹好像變得比以前開朗許多。好像變得會用心做家事，也開始注意穿著打扮了。她原本是那種一件工作衫配上褪了色的牛仔褲加上球鞋就到處跑的類型。在開始講究服裝後，鞋櫃裡便塞滿了她的鞋子，家裡也充斥著洗衣店的鐵絲衣架。她變得經常洗衣服、經常燙衣服（以前浴室裡的髒衣服都堆得好像亞馬遜的螞蟻窩一樣）、經常下廚、經常打掃。我也略有過一些經驗，這可說是危險的徵兆。如果女孩子表現出這種徵兆，男方要不是立刻逃之夭夭，就是要準備結婚了。

接著，妹妹就拿那個電腦工程師的照片給我看。妹妹拿男人的照片給我看，這還是頭一遭。這也是危險的徵兆。

照片有兩張，一張是在舊金山的漁人碼頭拍的。妹妹和那個電腦工程師並肩站在旗魚前微笑。

「好大的旗魚喔！」我說。

「別鬧了。」妹妹說。「我是認真的。」

「那我該說什麼呢？」

「你還是閉嘴好了。就是這個人。」

我再次拿起照片，端詳男人的長相。如果世界上有人長得讓人第一眼就覺得討厭的話，那就是這種臉了。而且這個電腦工程師的調調，就和高中時代我最討厭的那個學長一模一樣。雖然長相不差，但卻是個腦袋空空、盛氣凌人的男人。而且就和大象一樣記憶力驚人，雞毛蒜皮的小事都會永遠記住。頭腦不好的部分全靠記憶力來彌補。

「上過幾次床了？」我問。

「少胡扯了。」但妹妹仍是紅著臉說。「你不要老是以自己的尺度來衡量這個世界，又不是全世界的人都和你一樣。」

第二張照片是回到日本之後拍的。這次只有電腦工程師一個人。他穿著連身防摔皮衣，靠著一輛重型機車，坐墊上放著安全帽。而且面露和在舊金山時一樣的表情。好像就沒有其他現成的表情似的。

「他很喜歡機車。」妹妹說。

「看也知道。」我說。「如果不是喜歡機車的人，絕不可能會喜歡穿連身防摔皮衣。」

我——當然這又是因為褊狹的個性使然吧——根本無法對機車迷產生好感。不但打扮過於誇張，又喜歡自我張揚。但關於這一點我決定什麼都不說。

我默默將照片還給妹妹。

「那麼，」我說。

「那麼什麼？」妹妹說。

「那麼，我是說，有什麼打算呢？」

「我也不知道。或許會結婚吧。」

「他求婚了嗎？」

「是啊。」她說。「不過我還沒有答覆。」

「哦。」我說。

「說實在的，我才剛開始工作，還想一個人好好玩一玩。但不會像你那麼過分。」

「這可說是健全的想法。」我承認。

「可是他人很好，我覺得要結婚也可以。」妹妹說。「我還在考慮。」

我再次拿起桌上的照片看了看。心裡想「真要命」。

這是聖誕節之前的事。

元旦過後不久，母親有一天在早上九點打電話來。我正邊聽著布魯斯·史普林斯汀（Bruce Springsteen）的《Born in the U. S. A.》邊刷牙。

母親問我知不知道妹妹男朋友的事情。

不知道，我說。

從母親的話中得知，原來是收到了妹妹的信，說兩週後的週末要帶那個男人回家。

「大概是想結婚了吧。」我說。

「所以才要打聽一下是怎麼樣的人哪。」母親說。「我想在見面之前多瞭解一些。」

「不太清楚，因為我也沒有見過對方。只知道比妹妹大一歲，是個電腦工程師，在ＩＢＭ之類的公司工作。反正是三個英文字母，ＮＥＣ還是ＴＮＴ什麼的。從照片上看來長得並不怎麼樣。我並不欣賞，但反正又不是我要結婚。」

「哪一所大學畢業的？家世如何？」

「這些事我怎麼知道！」我大聲地說。

「你能不能先和他見個面，幫我打聽一下？」

「我才不要呢。我忙得很。兩個星期後妳自己問他不得了？」

但最後，我還是去見了那個電腦工程師。因為妹妹下個星期天要去他家正式拜訪，希望我一起去。沒辦法。我只好穿上白襯衫、打上領帶、配上最樸素的西裝，前往他位於目黑的家。那是一棟在老住宅區中央，相當氣派的住家。車庫前停放著那一輛曾在照片中見過的本田500CC。

「好大的旗魚喔！」我說。

「喂，拜託一下，別開那種無聊的玩笑，只要今天一天就好了。」妹妹說。

「好吧。」我說。

他的雙親是相當一板一眼——雖然過於一板一眼會讓人有些吃不消——而體面的人。他父親是石油公司的重要幹部。我的父親在靜岡擁有加油站連鎖店，因此在這一方面並不是關係太遠。他母親用高級托盤端來了紅茶。

我規規矩矩和他們打了招呼，交換名片，並解釋本來應該由我雙親前來，因為有事不克前來，所以就由我代表，改天他們會正式親自登門拜訪。

他的父親表示曾多次聽兒子提起，今日一見，果然是一位兒子配不上的標致小姐，教養也很好，這件婚事我們沒有異議。我心想，他們一定調查得很詳細了吧。但是像十六歲時初潮才來，以及深為慢性便秘所苦這種事情，大概就不知道了。

等這些客套話都順利結束後，他父親為我倒了杯白蘭地。十分香醇的白蘭地。我們邊喝邊聊彼此的工作。妹妹用拖鞋尖踢了我的腳一下，提醒我不要喝得太多。

這一段時間，電腦工程師兒子一直神情緊張地乖乖坐在父親身旁，什麼也沒有說。一眼就可以看出，至少在這個家裡，他是處於父親的掌控之下。真沒辦法，我心想。他穿著我從未見過的奇怪圖案的毛衣，裡面是一件顏色不相襯的襯衫。為什麼不找個稍微正常、機靈點的男人呢？

談話告一段落時已經四點了，我們便起身告辭。電腦工程師送我們兄妹到車站。

「找個地方一起喝個茶好嗎？」他邀請我和妹妹。雖然我並不想喝什麼茶，也不想和穿著圖案這麼奇怪的毛線衣的男人同桌，但是又不好拒絕，只好一起來到附近一家咖啡廳。

他和妹妹都點了咖啡，我想喝啤酒，可是沒有，只好也喝咖啡。

「今天非常感謝，幫了我很大的忙。」他向我道謝。

「哪裡，這是應該的。」我客氣地說。因為我已經沒有力氣開玩笑了。

「我經常聽她談到大哥。」

．．大哥？

我用咖啡匙搔了搔耳垂，然後放回碟子裡。妹妹又踢了我的腳，不過電腦工程師卻好像完全沒發現這個動作所代表的意思。大概是二進位法的玩笑還沒有開發出來吧。

「你們兄妹的感情這麼好，真讓我羨慕。」他說。

「一有高興的事，我們就互相踢腳。」我說。

電腦工程師一臉不解。

「他在開玩笑啦。」妹妹不太高興地說。「他這個人就是喜歡這樣。」

「開玩笑的啦。」我也說。「我們分擔家事。她負責洗衣服，我負責開玩笑。」

電腦工程師——真正的名字是渡邊昇——聽了之後似乎略感放心地笑了笑。

「開朗一點很好啊，我也希望能擁有一個這樣的家庭。氣氛開朗最重要了。」

「看吧。」我對妹妹說。「氣氛開朗最重要了。是妳太神經質了。」

「……如果玩笑有趣的話。」妹妹說。

「可能的話，我打算在秋天結婚。」渡邊昇說。

「在秋天舉行結婚典禮最棒了。」我說。「還可以請松鼠和大熊。」

電腦工程師笑了，妹妹卻沒有笑。她好像真的生氣了。於是我推說有事先行離去。
回到公寓後，我打電話給母親，說明了大致的情形。
「男方還不算差。」我邊搔著耳朵邊說。
「不算差是什麼意思？」母親說。
「意思是說還滿正經的，至少看起來比我正經。」
「你又正經不到哪裡去。」母親說。
「真高興聽妳這麼說。謝啦。」我看著天花板說道。
「那大學念哪裡？」
「大學？」
「他是哪一所大學畢業的？」
「這種事可以當面問他嘛。」我說完便掛斷了電話，然後就從冰箱拿出啤酒，獨自喝著悶酒。

＊

為了義大利麵而和妹妹吵架的第二天，我在早上八點半起床。和前一天一樣，是個萬里無雲的好天氣。我心想，這簡直是昨天的延續啊。在夜晚暫時中斷的人生，又開始繼續下去了。

我將汗溼了的睡衣和內褲丟進洗衣籃，沖了個澡。刮鬍子時，我想到昨晚那個只差一步就可以到手的女孩。沒關係，我心裡想。那是因為不可抗力的因素，而且我也盡力了。反正機會還多得是。下個星期天應該就會一切順利了。

我到廚房烤了兩片土司，泡了壺咖啡。原本想聽一下調頻廣播，但想起音響故障，只好邊看報上的書評邊啃麵包。書評介紹的書沒有一本是我想看的類別。其中不是有關「猶太老人幻想與現實交錯的性生活」的小說，就是精神分裂症治療的歷史考證、足尾礦毒事件全貌之類的書籍。即使是和女子壘球隊主將上床都比看這種書要有意思多了。報社一定是存心跟我們過不去才選擇這些書的吧。

吃一片烤得焦焦的麵包之後，我把報紙放回桌上時，發現果醬瓶下面壓著一張便條紙。妹妹用那一手小字寫著：這個星期天我要請渡邊昇來家裡吃晚飯，務必留在家裡一起用餐。

我吃完早餐，拂去掉在襯衫上的麵包屑，將餐具放進洗碗槽中，然後撥電話到妹妹上班的旅行社。妹妹接到電話時說：「我正在忙，十分鐘後打給你。」

電話在二十分鐘之後打來。這二十分鐘裡，我做了四十三次伏地挺身，剪好了手腳共二十個指甲，選了襯衫、領帶、外套和褲子。然後又刷了牙，梳好頭髮，打了兩個呵欠。

「看到留言了嗎？」妹妹說。

「看了。」我說。「可是很不巧，這個星期天我早就有約在先。如果早一點說，我就會把時間空出來，實在很抱歉。」

「少來了。反正還不就是和名字都不太記得的女孩子去哪裡鬼混的那種約會。不是嗎？」妹妹用冷冷的聲音說。

「不能改到星期六嗎？」

「星期六整天都得待在攝影棚，必須拍攝電毯的電視廣告。這一陣子忙死了。」

「那就取消那個約會吧。」

「要付取消費喔。」我說。「現在正處於微妙的階段呢。」

「那我的就不微妙了嗎？」

「話不是這麼說。」我邊說邊拿領帶和搭在椅子上的襯衫配配看。

「只是我們不是講好不介入彼此的生活嗎？妳和妳的未婚夫吃飯——我和我的女朋友約會。這樣不是很好嗎？」

「一點也不好。你很久沒有見過他了吧？到現在為止你只見過他一次，而且是四個月以前的事了。這很不應該吧。有好幾次見面的機會都被你躲掉了，不覺得這很失禮嗎？他是你妹妹的未婚夫耶，一起吃一次飯總可以吧？」

妹妹的話也有幾分道理，我只好沉默以對。我的確是很自然地避開與渡邊昇同席的機會。不論怎麼看，我都不認為渡邊昇和我之間會有多少共同話題，而且開玩笑還要附帶翻譯人員實在太累人了。

「拜託，只要應付一天就好。如果你答應，到夏天結束為止我都不會去妨礙你的生活。」妹妹說。

「我的性生活根本就微不足道。」我說。「說不定還過不了夏天呢。」

「反正這個星期天你就待在家裡囉？」

「真沒辦法。」我無奈地說。

「說不定他會幫你修理音響喔。這方面他很拿手的。」

「手很巧嘛。」

「你不要老想那些有的沒的。」妹妹說著掛斷了電話。

我打好領帶就上班了。

那個星期一直都是晴朗的好天氣。每天都好像是前一天的延續。

星期三晚上我打電話給女朋友，說工作很忙，這個週末也無法見面了。我已經三個星期沒有和這個女朋友見面了，她自然很不高興。我沒有放下聽筒，又撥了上個星期天約會的大學女生家的電話號碼，但她不在。星期四、星期五她也都不在。

星期天早上，我八點就被妹妹挖起來了。

「我要洗床單，你不能像平常一樣睡到那麼晚。」她說，然後就把床單和枕頭套剝下來，又要我脫掉睡衣。我沒有地方去，只好去沖個澡、刮刮鬍子。我覺得這丫頭越來越像老媽了。女人簡直就和鮭魚一樣，不管怎麼樣，最後都會回到相同的地方。

洗好澡後，我換上短褲，套上褪了色、幾乎看不到字的T恤，邊打著長長的呵欠邊喝柳橙汁。體內還殘留著幾分昨夜的酒精。我連報紙也沒有心情看了。桌上有一盒蘇打餅乾，我便吃了三、四片充當早餐。

妹妹將床單扔進洗衣機，趁洗的那一段時間整理我的和她自己的房間。整理好之後，又用清潔劑擦拭客廳和廚房的地板和牆壁。我一直躺在客廳的沙發上，看著美國友人送的《好色客》（*Hustler*）中未經處理的裸照。同樣是女性生殖器，其實也有各種大小和形狀之分。就和身高和智商一樣。

「喂，別躺在那裡無所事事，去幫忙買東西。」妹妹說著遞給我一張寫得密密麻麻的採購單。「還有，把那種書藏好，人家可是個正經人。」

我把《好色客》放在桌上，盯著採購單。萵苣、番茄、西洋芹、法式沙拉醬、燻鮭魚、芥末、洋蔥、濃湯調理包、馬鈴薯、洋芫荽、牛排肉三片……

「牛排肉？」我說。「我昨天才剛吃過牛排。我不喜歡什麼牛排，可樂餅比較好。」

「或許你昨天吃過牛排，但是我們沒有啊。別無理取鬧了。特地請人家來吃晚餐，總不能只端出可樂餅吧？」

「如果有女孩子請我去她家吃可樂餅的話，我一定會非常感動。再配上一大盤白色的高麗菜絲，還有蛤蜊湯……這才叫生活嘛。」

「不管怎麼樣，反正已經決定今天要吃牛排了。要吃可樂餅的話，下次一定讓你吃到撐死。今天就別再廢話，忍耐一下吃牛排吧，拜託。」

「好吧。」我體貼地說。雖然我很會抱怨，但終究還是個明理而又親切的人。

我來到鄰近的超級市場，照單買齊所有的東西，又順便到酒鋪買了瓶四千五百圓的夏布利（Chablis）葡萄酒。這瓶酒是打算送給兩個訂婚的年輕人當禮物的。只有親近的人才會想得這麼周到。

一回到家，便看到床上疊著Ralph Lauren的藍色馬球衫和乾淨如新的嗶嘰色棉長褲。

「換上這些吧。」妹妹說。

雖然我心想這真是要命，但還是乖乖換了衣服。不管再說什麼，我那溫暖而又邋遢的平日和假日，都已經泡湯了。

*

渡邊昇在三點鐘來到。當然是騎著機車，乘著微風而來。他那輛本田500CC不吉利的噗噗噗排氣聲，在五百公尺外就聽得一清二楚。我從陽台探頭往下看，看見他將機車停在公寓大門旁，並脫下了安全帽。值得慶幸的是，除了那頂貼著STP貼紙的安全帽之外，他今天的服裝還算是比較接近普通人。一件過分漿的扣領襯衫、寬鬆的白色長褲、有綴飾的茶色便鞋。就是鞋子和皮帶的顏色並不相配。

「那個漁人碼頭的朋友好像到了。」我對正在流理台削馬鈴薯的妹妹說。

「能不能先幫我招呼一下?我還要準備晚餐。」妹妹說。

「我沒什麼勁,也不知道要說些什麼才好。不如我來弄吃的,你們倆去聊好了。」

「少胡說八道了。那未免太不像話了吧。你去跟他聊聊啊。」

門鈴響了,一打開門,渡邊昇就站在那裡。我帶他進客廳,請他在沙發上坐。他帶了綜合口味的31冰淇淋來當禮物,可是我們家冰箱的冷凍庫太小,又已經被冷凍食品佔滿,費了好大的勁才塞進去。真是個會找麻煩的男人。什麼不好選,偏偏選了冰淇淋。

然後我問他要不要喝啤酒，他回答說不要。

「我的體質不能喝酒。」他說。「只要一杯啤酒就會覺得不舒服。」

「我在學生時曾和朋友打賭，喝過滿滿臉盆的啤酒。」我說。

「結果呢？」渡邊昇問。

「整整兩天小便都有啤酒味。」我說。「而且不停打嗝……」

「嗨，能不能幫我們檢查一下音響？」妹妹似乎嗅到了不吉利的煙味，端了兩杯柳橙汁出來放在桌上，並插嘴說道。

「好啊。」他說。

「聽說你的手很巧。」我問。

「是啊。」他毫不害臊地回答。「我一直很喜歡玩組合模型、組裝收音機什麼的。家裡有東西壞了，也都自己修理。音響哪裡有問題呢？」

「沒有聲音。」我說。然後我把擴大機開關打開，放上唱片，讓他明白沒有聲音的情況。

他像隻貓鼬一樣坐在音響前，一一測試各個開關。

「是擴大機系統。而且不是內部的問題。」

「你怎麼知道？」

「用歸納法。」他說。

歸納法，我心想。

接著他將小型的前級擴大機和後級擴大機拉出來，把接線全部拔掉，一一仔細檢查。我趁機去冰箱拿出罐裝百威啤酒，一個人喝起來。

「會喝酒還真是一件樂事喔。」他邊說邊用自動鉛筆尖戳接頭。

「還好吧。」我說。「我一直都在喝，沒什麼好說的。因為無從比較。」

「我也稍微在練習。」

「練習喝酒嗎？」

「嗯。是啊。」渡邊昇說。「很奇怪嗎？」

「不奇怪啊。可以先從白酒開始。拿一個大玻璃杯倒進白葡萄酒和冰塊，用沛綠雅稀釋，再擠一點檸檬下去。我都喝這個來代替果汁。」

「我會試試看。」他說。「啊！果然是這個。」

「哪個？」

「連接前後級的導線。左右的訊號端子連都脫落了。這種接頭在構造上就是不耐上下搖動，不過做得也太粗糙了。這個擴大機最近是不是強行搬動過？」

「這麼一說，我是在打掃那後面時搬動過。」妹妹說。

「那就是了。」他說。

「這是你們公司的產品吧？」妹妹對我說。「真差勁，竟然裝配這麼不耐用的接頭。」

「又不是我製造的，我只負責廣告而已。」我小聲地說。

「如果有電烙鐵的話，很快就可以修好。」渡邊昇說。「有嗎？」

我說沒有。怎麼可能會有那種東西。

「那麼我騎機車去買一下。有一把電烙鐵會很方便的。」

「大概吧。」我無力地說。「可是哪裡有五金行呢？」

「我知道。剛剛才經過一家。」渡邊昇說。

我又從陽台探出頭去，看著渡邊昇戴好安全帽，騎上機車離去。

「人很好吧？」妹妹說。

「滿能信任的。」我說。

*

不到五點，訊號端子就順利修好了。他說想聽抒情的演唱，妹妹就放了胡立歐（Julio Iglesias）的唱片。胡立歐！我心想。天哪，為什麼我們家會有這種像鼴鼠糞一樣的東西呢？

「大哥喜歡什麼樣的音樂呢？」渡邊昇問。

「我最喜歡聽這種音樂了。」我自暴自棄地這麼說。「其他還有布魯斯．史普林斯汀，或者傑夫．貝克（Jeff Beck）和門合唱團

（Doors）等等。」

「這些我都沒聽過。」他說。「都是像這種感覺的音樂嗎？」

「差不多啦。」我說。

接著他談到自己所屬的計畫小組，目前正在開發一種新的電腦系統。在發生鐵路事故時，這種系統能夠立刻計算出列車折返的最佳時刻表。聽他說來確實是很方便，但那原理對我來說簡直就像是芬蘭語的動詞變化一樣，完全搞不清楚。在他熱心解說之時，我一邊適度地點頭，心裡卻一直想著女人的事。下次休假時要找誰去哪裡喝酒，去哪裡吃飯，要上哪家旅館之類的事。我一定是天生就喜歡這種事吧。就如同有人喜歡玩模型、製作電車時刻表一樣，我喜歡和不同的女孩子喝酒，和她們上床。這應該是一種超越人類的智慧，像是宿命一樣的東西吧。

在我喝完第四罐啤酒時，晚餐準備好了。菜單包括燻鮭魚、馬鈴薯奶油涼湯（vichyssoise）、牛排、沙拉，和炸薯條。妹妹的廚藝一直都不錯。我開了夏布利獨飲。

「大哥為什麼會去電機公司上班呢？聽你的談話，好像並不喜歡電器產品。」渡邊昇切著牛腰肉排邊問。

「這個人對於有益社會的東西大都不感興趣。」妹妹說。「所以到哪裡上班都一樣。只不過正好那裡有點門路就進去了。」

「正是如此。」我極力贊同。

「滿腦子只想到玩樂。絲毫沒有認真去追求什麼或是努力向上之類的想法。」

「夏的蟋蟀。」我說。

「還會冷眼嘲笑那些認真生活的人。」

「這就不對了。」我說。「別人的事和我的事是兩回事。我只是依照自己的想法去消費固定的熱量而已。我也沒有冷眼嘲笑別人。或許我的確是個沒出息的人，可是我至少不會礙到別人。」

「才不會沒出息呢。」渡邊昇幾乎是反射性地說。家教一定很好。

「謝謝。」我說著舉起了酒杯。「還有就是要恭喜你們訂婚。雖然只有我一個人喝不太好意思。」

「我們打算在十月舉行婚禮。」渡邊昇說。「不過不會請松鼠和大熊。」

「這倒沒關係。」我說。天哪，這個男人竟然在開玩笑。

「那麼，要去哪裡度蜜月呢？可以享受折扣優待吧？」

「夏威夷。」妹妹簡潔地說。

接著我們聊到了飛機。因為我剛看了幾本有關安地斯山脈空難的書，便拿出來談。

「聽說吃人肉的時候，要先把肉片鋪在硬鋁合金的飛機殘骸上，讓太陽烘烤過再吃。」我說。

「喂，吃飯的時候非要講這麼噁心的事不可嗎？」妹妹停下手來瞪著我說。「你追女孩子也會在吃飯的時候講這種事嗎？」

「大哥還不打算結婚嗎？」渡邊昇插嘴說道。場面怎麼就像是感情不好的夫妻在招呼客人似的。

「沒有機會啊。」我邊拿起炸薯條放進嘴裡邊說。「既不能不照顧年幼的妹妹，又必須長期抗戰。」

「抗戰？」渡邊昇訝異地問。「什麼抗戰呢？」

「只是無聊的玩笑啦。」妹妹邊淋著沙拉醬邊說。

「只是無聊的玩笑啦。」我說。「不過沒有機會倒是真的。我不但生性褊狹，又不太愛洗襪子，所以找不到願意一起過日子的好女孩。我和你不一樣。」

「那襪子都怎麼處理呢？」渡邊昇問。

「那也是在開玩笑啦。」妹妹用疲憊的聲音說。「襪子我每天都幫他洗的。」

渡邊昇點點頭，笑了大約一秒半。我決定下次要讓他笑三秒。

「可是她不是一直和你住在一起嗎？」他指著妹妹說。

「因為是妹妹啊。」我說。

「那是因為你愛怎麼樣我都完全不管。」妹妹說。「可是所謂真正的生活並不是這樣的。我說的是真正的成人的生活。真正的生活，是人與人要更能坦誠相待。雖然和你生活的這五年也相當快樂，自由又沒有煩惱。可是我最近卻發現這並不是真正的生活。怎麼說呢，這樣子是無法感覺到生活的本質的。你好像只會想到自己，每次我想要好好談一談，你就只會跟我打哈哈。」

「我只是比較內向。」我說。

「那是傲慢。」妹妹說。

「既內向又傲慢。」我邊倒酒邊向渡邊昇說明。「在內向和傲慢之間不斷折返行駛喲。」

「我好像可以理解。」渡邊昇點點頭說。「可是剩下你一個人——也就是她和我結婚之後——大哥會不會也想找個對象結婚呢？」

「可能會吧。」我說。

「真的嗎？」妹妹問我。「如果你真的這麼想，我的朋友裡就有不錯的女孩子，可以介紹給你。」

「到時候再說吧。現在仍然太危險了。」

＊

吃完飯後，我們移往客廳喝咖啡。妹妹這回放的是威利．尼爾森（Willie Nelson）的唱片。幸好這要比胡立歐要好一點點。

「我原本也和你一樣，打算保持單身到三十歲左右。」妹妹在廚房洗東西時，渡邊昇好像在吐露心事似地對我說。

「可是遇到她之後，我就無論如何都想要結婚了。」

「她是個好女孩。」我說。「雖然有些倔強和容易便秘，但我認為你的選擇沒有錯。」

「但是說到結婚，還是覺得有些可怕。」

「如果盡量只看好的一面或是只往好處想，就沒有什麼好怕的了。要是真的碰到了問題，到時候再去想就好了。」

「也許你說得對。」

「因為事不關己嘛。」我說。然後我走到妹妹那裡，跟她說要去附近散個步。

「我十點以後才會回來，你們可以好好享受一下。床單換過了吧？」

「你這個人就只會注意一些莫名其妙的地方。」妹妹有些不耐煩地說，但似乎並不反對我出去。

我走回渡邊昇這裡，說要到附近辦點事，可能會晚一點回來。

「能夠和你聊一聊，我覺得非常高興。」渡邊昇說。「等我們結婚之後，也歡迎你常來玩。」

「謝謝。」我暫時將想像力關掉後說。

「不要開車，你今天已經喝得不少了。」我臨出門時，妹妹高聲交代。

「我走路去。」我說。

來到附近的酒吧時將近八點了。我坐在吧台前，喝著I. W. Harper的on the Rock。吧台裡的電視上正在轉播巨人隊對養樂多隊的比賽。電視原來的聲音沒開，取而代之的是辛蒂·露波（Cyndi Lauper）的唱片。投手是西本和尾花，得分是三比二，養樂多隊領先。我心想，看看無聲的電視也相當不錯嘛。

我看著棒球轉播，喝掉了三杯on the Rock。球賽進行到七局下半三比三平手時，轉播結束，電視被關掉了。我旁邊隔著一個位子坐著一個常在店裡看到的二十歲左右的女孩，也一樣在看電視。轉播結束後，我和她聊起了棒球。她說自己是巨人球迷，並問我喜歡哪一隊。我回答說哪一隊都好，我只是喜歡看比賽而已。

「那有什麼樂趣呢？」她問。「這樣看棒球根本無法投入吧？」

「不投入也無所謂。」我說。「反正是別人在打啊。」

然後我又喝了兩杯on the Rock，並請了她兩杯戴克瑞。因為她在美術大學專攻商業設計，於是我們又聊起廣告美術。我和她在十點離開這家酒吧，換到一家座位比較寬敞的店。我在那裡又喝了威士忌，她喝了綠色蚱蜢。不但她醉得差不多了，我竟然也喝醉了。十一點時，我把這個女孩子送回她住的公寓，理所當然地和她上了床。就像拿出坐墊和茶水是一樣的道理。

「把燈關掉吧。」她說。我把電燈關了。窗外可以看見Nikon的巨大廣告塔，隔壁則傳來大音量的電視職棒新聞報導。黑暗再加上相當的醉意，我連自己在做什麼都弄不清楚了。這種情況稱不上做愛，只不過是抽送陰莖、射出精液而已。

適度簡化的全套行為一結束，她便像等不及似地立刻睡著了。我連精液也沒怎麼擦，就穿上衣服離開房間。在黑暗中要找出自己那些和女人的衣服混成一堆的馬球衫、長褲和內褲，還挺費事的。

來到外面後，醉意就像是深夜的貨物列車般從我的身體裡急速通過。感覺真是糟透了。身體就如同《綠野仙踪》裡的鐵樵夫一樣喀喀作響。

為了醒酒，我在自動販賣機買了瓶果汁來喝，可是差不多就在喝完的同時，胃裡的東西便全部吐到了路上。牛排、燻鮭魚、萵苣和番茄的殘骸。

真要命，我心想。已經有多少年沒有喝酒喝到吐了？我最近到底在搞什麼？同樣的事一再重複，而且每重複一次不都是每況愈下嗎？
然後我沒來由地想到了渡邊昇和他買的那支電烙鐵……。
「有一把電烙鐵會很方便的。」渡邊昇說。
這是很健全的想法喔，我在用手帕擦嘴時這麼想。托你的福，我們家現在也有了一把電烙鐵。但就是因為那支電烙鐵，使我感覺那裡好像已不再是自己的居所。
這大概是我個性褊狹的緣故吧。

＊

我回到公寓時已經過了午夜，機車當然已經不在大門口了。我搭電梯上四樓，打開門鎖進到屋裡。除了廚房流理台上亮著一盞小日光燈外，其他地方都黑漆漆的。妹妹大概是覺得很煩，先去睡了吧。我瞭解這種心情。

我倒了一杯柳橙汁，一口氣喝乾，然後去沖個澡，用香皂將身上的汗臭洗掉，又仔細刷了牙。洗好澡後，我看著洗臉台上的鏡子，那張難看的臉讓我自己都嚇了一跳。那是一張經常在末班電車上可以看到，醉醺醺的邋遢中年男子的臉。皮膚粗糙，眼窩凹陷，頭髮沒有光澤。

我搖搖頭，關掉洗臉台的燈，只在腰上圍了條浴巾便回到廚房，喝了些自來水。明天總會好一點吧，我心想。不行的話就明天再說。Ob-La-Di，Ob-La-Da，人生就是這麼過。

「也太晚回來了吧。」昏暗中傳來妹妹的聲音。她獨自坐在客廳的沙發上喝著啤酒。

「我去喝酒。」

「你喝得太多了。」

「我知道。」我說完又從冰箱裡拿出罐裝啤酒，走到妹妹對面坐下。

我們一時之間也沒說什麼，只是偶爾舉起啤酒罐喝一口。風吹動了陽台上盆栽的葉子，遠方可見朦朧的半圓形月亮。

「我先聲明，我並沒有做喔。」

「什麼？」

「什麼都沒有啊。因為會在意。」

「哦？」我說。不知道為什麼，我在半夜的夜晚都會變得話少。

「不問我在意什麼嗎？」妹妹說。

「在意什麼？」我問。
「這間房子啊。我在意這間房子，所以沒辦法在這裡做。」
「哦。」我說。
「嗯，怎麼了？身體不舒服嗎？」
「累了。」我說。「我也會累呀。」
妹妹默默看著我的臉。我喝掉最後一口啤酒，將頭枕在沙發靠背上，閉上眼睛。
「是不是因為我們而覺得累了？」妹妹問。
「不是啦。」我閉著眼睛說。
「太累了而不想說話嗎？」妹妹小聲說。
我坐起身子看著她，然後搖搖頭。
「那麼，是因為我今天對你說了過分的話嗎？就是關於你這個人，還有和你一起的生活……？」

「不是。」我說。

「真的嗎？」

「妳最近說的都很合理，所以不必在意。不過，妳為什麼突然會這麼想？」

「他回去之後，我一直在這裡等你回來，就突然想到會不會說得太過分了。」

我從冰箱拿出兩罐啤酒，打開音響，用小音量播放李奇・貝拉齊（Richie Beirach）的爵士三重奏。半夜喝醉回來，我總是會聽這張唱片。

「可能是有些混亂吧。」我說。「對於像是生活的變化這一類的東西。就和氣壓的變化一樣。就算是我也多少會有些混亂。」

她點點頭。

「我是不是在拿你出氣？」

「誰都會找個人出氣。」我說。「但如果妳是選上我來出氣，這個選擇並沒有錯，所以不必在意。」

「有時候，我會非常害怕。對於以後的事。」

「盡量只看好的一面，往好處想，就沒有什麼好害怕的了。要是真的碰到了什麼問題，到時候再去考慮就行了。」我把對渡邊昇說的那一套台詞又搬了出來。

「可是真的會那麼順利嗎？」

「如果不順利的話，那個時候再去考慮就行了。」

妹妹嗤嗤地笑了。「你還是和以前一樣，怪人一個。」她說。

「嗯，我可以問個問題嗎？」我拉開啤酒的拉環後說。

「問吧。」

「在他之前和幾個人上過床？」

她遲疑了一下後伸出兩根手指。「兩個。」

「一個同年齡，另一個年紀比較大，對吧？」

「你怎麼知道？」

「這是種模式。」我說著喝了一口啤酒。「我也不是白混的。這種事情當然知道。」

「這算標準嗎？」

「是健全。」

「你跟多少個女孩子上過床？」

「二十六個。」我說。「最近才試著算了一下。想得起來的就有二十六個。想不出來的大概有十個左右吧。我又沒有寫日記。」

「為什麼要和那麼多女孩子上床呢？」

「不知道。」我實話實說。「雖然明知道該在哪裡停下來，可是自己也找不到時機。」

接著我們又沉默了半晌，各自想著應該要想的事。遠方傳來機車的排氣聲，但那不可能是渡邊昇的車。已經凌晨一點了。

「嗯，你認為他怎麼樣？」妹妹問。

「渡邊昇嗎？」

「是啊。」

「人還算不錯。雖然不是我所喜歡的類型，對服裝的品味也有點奇怪。」我想了想後直說了。

「不過一家之中有個這樣的人好像也不錯。」

「我也這麼認為。雖然我喜歡像你這樣的人，但如果全世界的人都和你一樣的話，可能會天下大亂吧。」

「也許吧。」我說。

然後我們把剩下的啤酒喝掉，各自回自己的房間去。床上是乾淨的新床單，沒有一點皺褶。我躺在上面，從窗簾的縫隙望著月亮。我們到底要往何處去呢？我心裡想。但由於實在太累，沒有辦法深入思考那種事了。我一閉上眼睛，睡意就像一張黑暗的網，無聲無息從頭上罩下來。

双子と沈んだ大陸×

雙胞胎與沉沒的大陸

1

與雙胞胎分開之後經過了大約半年，我在一本攝影雜誌上看到了她們的身影。

這張照片中的雙胞胎並未穿著以往那兩件——和我在一起時一直穿著的——印有「208」和「209」號碼的廉價運動衫，而是打扮得比較正式而時髦。其中一個穿著針織洋裝，另一個穿著編織疏鬆、類似棉質外套的衣服。頭髮比以前長了不少，而且眼睛周圍還上了淡妝。

可是我一眼就認出這是那一對雙胞胎。雖然有一個轉向後方，另一個也只看得到側面，但是在翻到那一頁的瞬間，我就知道了。就像聽過不下數百次、已經灌進腦袋裡的唱片的第一個音符傳到耳中一樣，我在剎那間就能夠完全瞭解。她們在這裡。

那是一張在六本木外圍區新開幕的迪斯可舞廳裡拍攝的照片。雜誌以六頁的篇幅製作了一個名為「東京聲色最前線」的專題，雙胞胎的照片就刊登在第一頁上。

照相機是從略高處以廣角鏡頭來拍攝寬敞的店內，如果不說明是迪斯可舞廳，要說這個地方是設計巧妙的溫室或水族館好像也可以。因為一切的裝潢都是以玻璃打造。除了地板和天花板以外，桌子、牆壁和裝飾品等，全部是玻璃製品。而且到處都擺設了大型觀葉植物。

在被玻璃隔間分割開來的各種區間中，有的是人們在裡面喝著雞尾酒，有的則是人們在裡面跳舞。這幅景象讓我聯想到精密的透明人體模型。每一個部分都依據各自的原則來發揮獨特的功能。

照片的右側有一張卵形的大玻璃桌，雙胞胎就坐在那裡。她們的面前放著兩個誇張的熱帶飲料大玻璃杯，還有幾碟簡單的零嘴。雙胞胎中的一人轉向後方，雙手搭在椅背上，專注地望著玻璃牆對面的舞池，另一個則與坐在旁邊的男子談話。如果不是拍到了那一對雙胞胎，這終究也只是一幅隨處可見的尋常景象。只不過是兩女一男坐在迪斯可舞廳的桌子前喝酒而已。狄斯可舞廳的名字是「The Glass Cage」。

我會拿到這本雜誌純粹是出於偶然。我到咖啡廳等人來商量工作事宜，由於時間還早，就隨手從店裡的雜誌架拿了本雜誌來翻一翻，否則是不可能特地去看一本上個月的攝影雜誌的。

拍到雙胞胎的彩色照片下面有一段非常制式的說明。這一段文字表示，「The Glass Cage」播放的都是目前東京最新的音樂，是時髦人士聚集的狄斯可舞廳。正如店名所示，店內是以玻璃牆來隔間，不禁讓人聯想到透明的迷宮。這裡供應各式各樣的雞尾酒，也非常講究音響效果。在入口處還會檢查入場者，未著「正式服裝」的客人及清一色男士的團體，均不准入場。

我向女服務生點了第二杯咖啡，並問她是否可以將雜誌的這一頁撕下來帶走。她表示雖然現在負責人不在無法作主，但這種東西被撕走應該也不會有人在乎。於是我便用塑膠製的菜單座將那一頁整齊地撕下，摺成四折放進外套的內口袋裡。

回到事務所時，門開著，但裡面一個人也沒有。文件亂七八糟散落在桌上，水槽裡堆著髒兮兮的杯盤，菸灰缸裡滿是菸蒂。因為負責事務工作的小妹感冒，已經請了三天假。

真要命，我心想。三天前還一塵不染的辦公室，如今竟然像是高中籃球隊的更衣室一樣。

我用茶壺燒了水，洗了一只茶杯，泡了杯即溶咖啡，因為找不到小湯匙，只好用一枝比較乾淨的原子筆攪拌好來喝。雖然絕對是不好喝，但至少比喝白開水要好得多了。

我獨自坐在桌邊喝咖啡時，在隔壁牙科掛號處打工的女孩子從門口探頭進來。她是一個長頭髮、個子嬌小的女孩子，相當漂亮。第一次看到她時，那黝黑的肌膚讓我以為她是不是牙買加還是哪裡的混血兒，問了之後才知道是出身於北海道的酪農家庭。為什麼皮膚會這麼黑，她自己也不知道。但不管怎麼樣，這黝黑的肌膚一穿上工作用的白衣，就顯得格外醒目。簡直就像是史懷哲（Albert Schweitzer）的助手一樣。

她和在我們事務所上班的小妹同年，有空時經常會過來玩，兩個人一同聊天；我們的小妹請假時，她也會幫忙接電話，將來電記下來。只要電話鈴聲一響，她就會從隔壁跑過來接電話。因此當我們的事務所沒有人時，門也總是開著。反正小偷進來也沒有什麼東西好偷。

「渡邊先生說他出去買藥。」她說。渡邊昇是我的合夥人的名字。我和他當時開了一家小的翻譯事務所。

「買藥？」我有些驚訝地反問。「什麼藥？」

「他太太的藥。聽說是胃不太舒服，好像有一種特別的中藥，所以要跑一趟五反田的中藥店。他說或許會晚一點回來，你可以先回去。」

「哦。」我說。

「還有，你們不在的時候打來的電話，我都記在那裡。」她說著指了指壓在電話下面的便箋紙。

「謝謝。」我說。「幸好有妳幫忙。」

「我們醫生問你們為什麼不買答錄機呢？」

「我不喜歡那種東西。」我說。「沒有一點人性的溫暖。」

「那也沒什麼關係。我在走廊上跑來跑去身體也會溫暖些。」

她留下一抹柴郡貓（Cheshire Cat）似的笑容離去後，我便拿起那張留言紀錄，回了幾通必要的電話。指定印刷廠發送的時間，與分包的兼職翻譯者討論內容，請租賃公司來修理影印機。

將這些電話大致處理好之後，我就沒有什麼事情好做了。沒辦法，只好去清洗堆在水槽裡的餐具並收拾一下。將菸灰缸裡的菸蒂倒進垃圾桶，調好停了的時鐘，將日曆確實翻到今天。又把桌上的鉛筆放進筆盒裡，將文件分門別類整理好，把指甲刀收進抽屜。如此一來，房間裡總算變得比較像一般人的工作場所了。

我坐在桌邊打量了房間一圈，忍不住說：「還不賴嘛！」

窗外是一九七四年四月多雲的濛濛天空。平板狀的雲絲毫沒有接縫，天空看起來就像是被灰色的蓋子整個蓋住一樣。黃昏將近時的微光有如水中的灰塵般在天空緩緩飄移，並無聲無息地沉積在由水泥、鋼鐵和玻璃組成的海底峽谷中。

天空、街道上，以及房間裡，全都染上了溼溼的灰色，成了同一個色調。彷彿哪裡都看不到接縫一樣。

我又燒開水泡了杯咖啡，這次是用小湯匙好好攪拌後才喝。按下卡座的開關，裝在天花板上的小喇叭便放出了巴哈的魯特琴曲。喇叭、卡座和錄音帶，都是渡邊昇從家裡帶來的。

還不賴嘛，這次我只在心裡說。四月不冷也不熱的多雲黃昏，聽巴哈的魯特琴曲最合適了。

然後我在椅子上坐好，從外套口袋裡拿出拍到雙胞胎的照片攤在桌子上。在檯燈明亮的光線下，我什麼也沒有想，怔怔地望著照片好一陣子，突然想到抽屜裡有看照片用的放大鏡，便拿出來逐一放大檢視各個部分。雖然我並不認為這麼做有什麼用，但除此之外也想不出其他還有什麼事可做。

雙胞胎中對著年輕男子的耳朵在說話的那一個——我永遠也無法分辨哪個是哪個——嘴邊帶著一抹不注意就會看漏的微笑。她的左腕放在玻璃桌上。這的確是那一對雙胞胎的手腕。光滑而纖細，沒有戴手表也沒有戒指。

相對的，聽她說話的男子表情卻顯得有些陰鬱。那是個身材瘦高的英俊男子，穿著時髦的深藍色襯衫，左腕上戴著銀色細手鍊。他的雙手放在桌上，凝視著面前的細長玻璃杯。彷彿那杯飲料是會改變他人生的重大存在，他被逼著現在就要對那做出什麼決定。玻璃杯旁邊的菸灰缸冒出形狀看起來像是在詛咒什麼似的白煙。

雙胞胎看起來要比住在我的公寓時瘦了些，但是我並不能肯定。或許是因為拍攝的角度或燈光而看來如此也不一定。

我一口喝掉剩下的咖啡，從抽屜裡拿了根香菸，用火柴點上。然後思索著雙胞胎到底為什麼會在六本木的狄斯可舞廳喝酒。我所認識的雙胞胎、並不是那種會出入浮誇的狄斯可舞廳、在眼睛四周化妝的類型。她們現在住在哪裡，靠什麼生活呢？而這名男子到底是什麼人呢？

可是在目不轉睛凝視著這張照片，手中的原子筆桿轉了差不多有三百五十次之後，我得到的結論是，這個男人大概是雙胞胎現在的宿主吧。就像雙胞胎以前對我的那樣，她們捉到了某個機會而進駐這個男人的生活之中。這從雙胞胎與男人交談的那一方嘴角浮現的微笑就可以觀察出來。她的微笑就如同落在廣大草原的細雨，已經與她自身融為一體。她們又找到了新天地。

三人的共同生活，甚至連細節都一清二楚。或許雙胞胎會因為去向的不同而如浮雲般變化形狀，可是我十分清楚，存在於她們內在的許多特質是絕對不會改變的。她們現在應該仍然愛吃咖啡奶油比司吉，現在仍然喜歡散個長長的步，仍然很會勤勞地在浴室洗衣服吧。那才是雙胞胎。

我可以在腦海中想像出看著照片，我卻很不可思議的並不會妒忌那個男人。而且不只是不會妒忌，我甚至連任何種類的興致都沒有。

那只不過是存在於那裡的一種狀態而已。對我來說，那不過是從不同年代的不同世界中切割下來的片段情景罷了。因為我已經失去了雙胞胎，無論再怎麼想再怎麼去努力，都無法恢復原來的狀態。

讓我有些在意的是男子那十分陰鬱的神情。他應該沒有任何一臉陰鬱的理由才對啊。我心想。你擁有雙胞胎，而我沒有。我失去了雙胞胎，而你尚未失去。或許有一天你也會失去她們，可是那是以後的事，況且你也許根本就不會想到自己會失去她們吧。不，說不定你感到很混亂。這我似乎可以理解。每個人都經常會感到混亂。可是你現在所體驗的混亂，並不是那種致命的混亂。而總有一天你自己也會發現吧。

可是不論我想到了什麼，都無法傳達給這名男子。因為他們是處在一個遙遠年代的遙遠世界中。他們就如同漂浮的大陸一樣，在我所不知道的幽暗宇宙中漫無目的地徘徊著。

到了五點鐘，渡邊昇仍然沒有回來，我將一些聯絡事項記在便條上後準備回去時，隔壁牙科掛號處的女孩子又過來，問能不能借洗手間。

「隨時歡迎。」我說。

「我們洗手間的日光燈壞了。」她說著拎了化妝包進洗手間，站在鏡子前用梳子梳頭，又擦了口紅。由於她一直沒關上洗手間的門，我便坐在桌邊有意無意地望著她的背影。換掉白衣之後，她那相當美的腿便露了出來。在藍色羊毛短裙下，可以看到膝關節後側的小凹陷。

「你在看什麼？」她邊用衛生紙修整口紅邊對著鏡子問。

「腿。」我說。

「好看嗎？」

「不錯喲。」我老實回答。

她嫣然一笑，將口紅放回包裡，走出洗手間並把門帶上。然後她在白襯衫外套上一件淺藍色的開襟毛衣。毛衣宛如雲朵般輕柔。我將雙手插進蘇格蘭呢外套的口袋裡，又看著那毛衣好一會兒。

「喂，你在看我嗎？還是在想什麼？」她問。

「我在想這件毛衣還真不錯。」我說。

「是啊，還滿貴的。」她說。

「不過實際上並沒有那麼貴。因為我以前在精品店當售貨小姐，什麼都可以用便宜的員工價購買。」

「為什麼要辭掉精品店的工作跑到牙科來呢？」

「待遇太低，而且買了太多衣服呀。比較起來，在牙科這邊的工作就好得多了。而且治療蛀牙差不多就像免費的一樣。」

「原來如此。」我說。

「不過，你對服裝的品味相當不錯喔。」她說。

「我？」我說著看了看自己身上的衣服。我甚至連早上挑了什麼衣服都不太記得了。大學時代買的嗶嘰色棉長褲加上三個月沒洗的深藍色球鞋，白色馬球衫配上灰色蘇格蘭呢外套，這便是我的打扮。雖然馬球衫是新的，但是外套卻因為我經常將手插在口袋裡而嚴重變形了。

「很差勁的打扮。」

「可是很適合你。」

「就算是適合也稱不上品味吧。只是衣服與人互相扣分而已。」

我笑著說。

「如果買了件新的外套，你會不會改掉把手插在口袋裡的壞習慣呢？那是種壞習慣吧？那很容易把好好的外套都弄變形了。」

「已經變形了。」我說。「如果妳下班了，我們一起去車站好嗎？」

「好啊。」她說。

我關掉卡座和擴大機，熄燈，鎖好門，然後走下長長的斜坡到車站去。由於我習慣不帶東西，因此雙手總是插在外套的口袋裡。雖然有好幾次都依照她的忠告試著將雙手移到褲子口袋，但最後還是行不通。一把雙手插進褲袋裡，就老覺得不太對勁。

她右手拎著肩背包的帶子，左手在身邊輕輕擺動，好像在打拍子似的。由於她走路時抬頭挺胸，身高看起來要比實際來得高，而且步調也比我快。

大概是因為沒有風，街道上靜悄悄的。即使是從旁邊經過的卡車的排氣聲或建築工地的噪音，聽起來都像是隔了好幾層布幔傳過來的鈴聲一樣。只有她的高跟鞋音，有如在春天黃昏朦朧的大氣中規律地打入光滑的楔一樣。

我什麼也沒有想，傾聽那鞋音走著，因此差一點就被騎著腳踏車從轉角衝出來的小學生撞到。要不是她立刻用左手拉住我的手肘，我一定會被撞個正著。

「走路要好好看著前面哪。」她詫異地說。「走路時在想什麼呢？」

「什麼也沒想。」我做了個深呼吸後說。「只是在發呆罷了。」

「真是個傷腦筋的人啊。你到底幾歲了呢？」

「二十五。」我說。年底就二十六了。

她這才放開我的手肘，我們又繼續往斜坡下走去。這回我也集中精神，專心走路。

「對了，我還不知道妳的名字。」我說。

「沒告訴過你嗎？」

「沒有聽過。」

「May。」

她說。「笠原May。」

「May？」我有些訝異地反問。

「五月的May喲。」

「妳是五月出生的嗎？」

「並不是。」她搖搖頭。「是八月二十一號生的。」

「那為什麼取了May這個名字呢？」

「想知道嗎？」

「想啊。」我說。

「不會取笑我吧？」

「應該不會。」

「因為我們家養了一頭山羊。」她輕描淡寫地說。

「山羊？」我更訝異地反問。

「不知道山羊嗎？」

「知道啊。」

「那是一頭非常聰明的山羊，我們全家都把牠當成家人一樣疼愛。」

「山羊的咩。」我像在複誦似地說。

「而且還是清一色只有女兒的農家六姊妹的老么，叫什麼名字好像都無所謂。」

我點點頭。

「不過很好記吧？山羊的咩。」

「說得也是。」我說。

到了車站時，我想請笠原May吃晚飯謝謝她幫忙接電話，但她說等一下已經和未婚夫有約。

「那改天吧。」我說。

「嗯，先謝謝啦。」笠原May說。

然後我們就道別了。

目送她那件淺藍色毛衣如同被吸進下班的人潮中消失，再也不會回來之後，我仍將手插在外套口袋裡，朝著適當的方向走去。

笠原May離開後，我覺得身體好像再度被那一大片沒有接縫的灰色雲影所覆蓋。抬頭一看，朦朧的灰色和夜晚的藍色混在一起，如果不加注意，甚至會不知道那裡有雲，卻依然像是隻一直躲著的巨大瞎眼怪獸遮蔽了天空，將月亮和星辰都擋在身後。

簡直就像是走在海底一樣嘛，我心想。不論前後左右，看起來都一樣。身體對氣壓和呼吸方式都還不太能夠適應。

自己一個人，我就變得完全沒有食慾。什麼也不想吃。既不想回公寓，卻也沒有什麼其他應該去的地方。沒辦法，在想到什麼之前，我只好先在街上閒晃。

我偶爾停下來看看功夫片的看板，或是瞧一瞧樂器行的櫥窗，但其他大部分的時間都是邊走邊望著擦身而過的人們的長相。數以千計的人在我的眼前出現而後消失。我覺得他們好像是由一處的意識邊境，往另一處意識邊境移動似的。

街道絲毫未變，還是平常的街道。由人們一個個已喪失原來意義的聲音混合而成的嘈雜聲，以及接二連三不知從何處斷斷續續從耳邊飄過的音樂，還有不斷反覆明滅變換的紅綠燈與催促其變換的汽車排氣聲，這一切都像是由空中灑落無盡的墨水般降臨在夜晚的街道上。走在夜晚的街上，我覺得這種嘈雜、光線、味道和興奮中似乎有幾分之一並不存在於現實之中。那些只不過是從昨天或前天，上個星期或上個月傳來的遙遠回聲罷了。

可是在這回聲中，我卻無法分辨出有什麼是曾經聽過的。那已經太過遙遠，太過模糊了。

花了多少時間走了多少距離，我並不清楚。我只知道有數千人與我擦身而過。而且我能夠推估，再過七十年或八十年，這數千人一定會全部從這個世界上消失。七十年或八十年，說來並不是多麼長的歲月。

在看著往來的行人也感覺疲累後——我覺得自己或許是想從中找到雙胞胎，否則我沒有任何理由去注意人們的長相——我幾乎是毫無意識地轉進一條冷清的小巷子，走進一家常來獨酌的酒吧。然後在吧台坐下，和往常一樣點了波本威士忌的on the Rock，吃了幾塊乳酪三明治。店裡沒什麼客人，沉靜的空氣彷彿已完全融入了歷時已久的木材和灰泥塗料之中。天花板的喇叭輕輕流洩出好像是數十年前流行的爵士鋼琴三重奏，玻璃杯碰觸的聲音和鑿冰的聲音偶爾會混入其中。

我努力要讓自己明白，一切都已經失去的都會失去。不但一切都已經失去，而且都有應該會繼續失去的理由。已經損壞了的東西，沒有人能夠使之復原。地球就是為此才不停地繞著太陽旋轉。

我覺得，最後只有現實對我來說是必要的。地球繞著太陽旋轉，而月球繞著地球旋轉，這種類型的現實。

假設——我這麼假設——我忽然在某處與雙胞胎巧遇，可是接下來到底應該怎麼辦才好呢？

再回來一起生活好嗎？可以試著這樣向她們提議嗎？

但是我非常清楚，這樣的想法一點意義也沒有。無意義而且不可能。她們已經從我這裡經過了。

如果再假設——我做了第二個假設——雙胞胎同意回到我的身邊。雖然這是不可能的事，但反正就這麼假設一下。接下來又會如何呢？

我嚼了附在三明治旁邊的醃黃瓜，又喝了口威士忌。

沒有意義，我心想。或許她們會留在我的公寓幾個星期、幾個月，或是幾年。然後有一天，她們就會又消失了。就和上次一樣，沒有任何前言或任何說明。如同被風吹散的狼煙般不知去向。只不過是同樣的事情再重複一次罷了。沒有意義。

這就是所謂的現實。我非得接受沒有雙胞胎的世界不可。

我用紙巾擦乾吧台上的水滴，從外套的內口袋裡拿出雙胞胎的照片放好。然後邊喝著第二杯威士忌邊試著去想，雙胞胎中的一人到底在對身旁的年輕男子說什麼。一直凝視著照片，她看起來就好像正在將空氣或是眼睛看不到的微細霧狀物送進男子的耳朵裡。男子是否發現了這件事，從照片上並無法得知。但據我推測，這名男子應該是一無所知吧。就如同當時的我什麼也無法察覺到一樣。

在撥弄著腦袋裡有些許錯位的記憶片段時——這種行為所導致的

必然結果——我感覺到兩側太陽穴內部在隱隱發疼。感覺上那就好像有一對被封在我的腦袋裡的什麼東西正在扭動身軀，要從那裡脫身一樣。

我心想，或許應該把這張照片燒掉才對。可是辦不到。如果我真的有能力這麼做，一開始就不會鑽進這條死巷裡了。

我喝完第二杯威士忌，拿著記事本和硬幣走到粉紅色投幣電話前，撥了一個號碼。在響到第四聲時，我又改變主意放回聽筒，掛斷了電話。我拿著記事本望著電話機好一會，可是想不出什麼好主意，於是又回到吧台，點了第三杯威士忌。

最後我決定什麼都不再想了。因為不論想什麼，都無法讓我掙扎著到任何地方去。我暫時讓頭腦保持空白，在那空白之中又倒進了好幾杯威士忌，並傾聽由頭頂上的喇叭流洩出來的音樂。雖然這時我有一股想抱女人的衝動，卻不知道該抱誰才好。雖然任何人都好，我卻無法具體想像出有誰可以作為做愛的對象。誰都可以，但要找誰卻困擾著我。真要命，我心想。如果將所有認識的女人集合起來混合成一個肉體，我應該可以和她發生關係，可是翻遍了記事本卻找不到這麼一個對象的電話號碼。

我嘆了口氣，一口將這已忘記是第幾杯的on the Rock的剩餘部分喝乾，結了帳走出店門。然後我停在路口的紅綠燈前，心裡想著「接下來該做什麼呢？」真正的接下來。在五分鐘後、十分鐘後、十五分鐘後，我到底該做什麼呢？是去哪裡好呢？找個地方去嗎？想做什麼嗎？想去哪裡呢？得找個事情做嗎？得找個地方去嗎？

可是這些問題的答案我一個也想不出來。

2

「我老是夢見相同的事情。」

我閉著眼睛對女人說。

閉著眼睛一段時間之後，我覺得自己彷彿在一種微妙的平衡狀態下飄浮在不穩定的空間裡。這或許是因為裸身躺在柔軟的床上的緣故吧。部分原因可能出在女人搽的古龍水濃烈的香味。這個味道有如奇異的小飛蟲鑽進了我體內的黑暗中，使我的細胞膨脹而後又縮小。

「做夢的時間也大致相同。在早上四點到五點——天快亮之前。當我滿身是汗驚醒時，四下仍是一片黑。但並不是完全的黑暗。都已經那個時間了嘛。夢境當然並不完全相同。細微的部分每次都會有些許差異。狀況會不同，角色也會不一樣。可是基本的模式都一樣。不但出場人物一樣，結局也相同。就好像同一系列的低成本電影。」

「我也常常會做討厭的夢。」女人說著用打火機點了根菸。聽得到摩擦打火石的聲音，也聞到了菸味。接著又聽到用手掌輕輕撢了什麼兩、三下的聲音。

「今天早上我夢見一棟玻璃帷幕大樓。」我不理會女人的發言繼續說道，「一棟非常大的大樓。好像蓋在新宿西口的那種。外牆全部是以玻璃建造。在夢中，我是走在路上時偶然發現這棟大樓的。但這並不是一棟已經竣工的大樓。雖然大致上已經蓋好，但工程仍在進行。在玻璃外牆裡，人們忙碌地工作著。大樓內只有隔間，仍然是空蕩蕩的。」

女人吐出一口煙，發出如同風吹進門窗縫隙的聲音，然後清了清喉嚨。「喂，我可以問你問題嗎？」

「不必刻意發問。妳只要靜靜聽我說就好了。」我說。

「好的。」女人說。

「因為閒著沒事，我就一直站在那大玻璃前看著裡面的施工情形。在我窺探的房間裡，戴著安全頭盔的作業員正在砌著美觀的裝飾用磚。由於他一直背對著我工作，看不到他的臉，但是從體格及動作來看，應該是一名年輕男子，瘦瘦高高的。那裡沒有其他人，只有那名男子。」

「夢中的空氣非常污濁。好像有篝火的煙從哪裡竄進去裡面一樣。霧茫茫的，因此看不清遠處。但是定睛看了一會兒之後，空氣便漸漸變得透明了。是真的變透明了，或是我的眼睛習慣了這種不透明，我也搞不清楚。總之，我因此能夠比剛才更清楚看見房間裡的各個角落了。年輕男子好像機械人般，以幾乎相同的動作將磚頭一塊塊砌起來。雖然那個房間相當寬敞，但男子砌磚的動作非常迅速而熟練，似乎只要再一、兩個小時就能夠完成作業。」

說到這裡，我休息了一下，睜開眼睛在枕邊的玻璃杯裡倒了啤酒來喝。女人為了表示很認真在聽我說話，一直看著我的眼睛。

「男子砌的磚牆後面，還有一面大樓原本的牆。一般那種粗糙的水泥牆。也就是說，男子在那原來的牆之前砌出一面裝飾牆。明白我在說什麼嗎？」

「明白啊。要建造出雙層牆是吧？」

「沒錯。」我說。「是在建雙層牆。仔細一看，那原來的牆和新的牆之間隔著大約四十公分的距離。為什麼要特地留出這個空間，我實在想不通。這麼做不就使房間變小許多了嗎？我覺得很不可思議，便更集中注意力在那作業上。這麼一來，我逐漸看到了像是人影的東西。就像是將相紙放進顯影液中，人像逐漸浮現出來一樣。那人影就夾在新、舊兩道牆壁之間。」

「那是一對雙胞胎。」我繼續說道。「一對雙胞胎女孩。大概是十九、二十、或二十一歲。兩個人都穿著我的衣服。一個穿著蘇皮蘭呢外套，另一個穿著深藍色風衣。兩件都是我的衣服。她們雖然以拘束的姿勢被關在那四十公分左右的夾縫裡，卻似乎並沒有發覺自己即將被封在牆壁之中，兩人仍像平常一樣喋喋不休。而作業員似乎也沒有發現自己正一步步將那一對雙胞胎給封住。只是默默砌著磚而已。只是默默地持續砌磚。發現這件事的好像只有我而已。」

「為什麼你會知道作業員沒注意到雙胞胎呢？」女人提出了質疑。

「我就是知道。」我說。「在夢裡，很多事情自然就是知道。因此我非得阻止哪個作業不可。我雙手握拳，死命敲著那玻璃外牆，用力敲得手臂都發麻了。可是再怎麼用力敲都發不出聲音。我不明白是怎麼一回事，但就是沒有聲音。作業員也就沒有發覺。他仍然以同樣的速度將磚頭一塊又一塊砌上去。左手塗抹填縫料，右手將磚塊放上去。磚頭已經砌到雙胞胎的膝蓋附近了。」

「於是我放棄敲打玻璃外牆，打算進入大樓裡面阻止那作業。可是找不到入口。雖然那是一棟非常大的建築，卻連一個入口都沒有。我拚命跑，在大樓四周繞了好幾圈，但結果都一樣。那裡根本就沒有入口。簡直就像巨大金魚缸。」

我又喝了口啤酒潤潤喉。女人仍凝視著我的眼睛。她轉動身體改變了姿勢，乳房正好壓在我的手臂上。

「那怎麼辦呢？」她問。

「一點辦法也沒有。」我說。「真的是一點辦法也沒有。四處都找不到入口，又發不出聲音。我只能雙手搭在玻璃外牆上一直看著裡面。牆越來越高了。高到雙胞胎的腰部，高到胸部，又高到了脖子，最後終於整個覆蓋住，到達了天花板。這是一眨眼間發生的事，令我束手無策。作業員嵌進了最後一塊磚之後，便收拾好東西不知到哪裡去了。只有我和玻璃外牆被留在那裡。我真的是一點辦法也沒有。」

女人伸出手來撥弄我的頭髮。

「每次都一樣。」我說。「細微的部分會改變，設定會改變，角色也會改變——但結局卻總是相同。那裡有一面玻璃牆，而我無法將某種訊息傳達給某個人。每次都一樣。我醒來一睜開眼睛，手掌心都還留著玻璃冰冷的觸感。那種感覺會一直留在手心裡好幾天。」

直到我說完之後，她仍一直用手指撥弄著我的頭髮。

「一定是太累了吧。」她說。「我也一樣啊，累的時候就老是會做討厭的夢。可是那都和真正的生活扯不上關係，只不過是身體或頭腦感到疲倦罷了。」

我點點頭。

女人接著抓起我的手，放在她的陰部。她的陰道溫暖而溼濡，可是那也無法引起我的慾望，只是覺得有些不可思議而已。

然後我便謝謝她聽我說夢的事，並多給了一些錢。

「只是聽你說說話而已，就算免費好了。」女人說。

「我想付啊。」我說。

她點點頭收下錢，塞進黑色的皮包裡，開口關上時發出喀噠一聲悅耳的聲音。彷彿將我的夢整個都裝進去了。

女人下床穿上內衣，套上絲襪，再穿上裙子、襯衫和毛衣，然後站在鏡子前梳頭。站在鏡前梳頭時，每個女人看起來都是一樣。

我裸著身體從床上撐起上身，怔怔地望著女人的背影。

「我覺得，那只不過是個夢而已。」女人臨出門時這麼說。然後手握著門把又想了一下。

「或許根本就不值得你那麼在意吧。」

我點點頭後她就出去了。接著傳來喀嚓一聲關門聲。女人的身影消失後，我躺在床上，一直望著房間的天花板。隨處可見的廉價賓館，隨處可見的廉價天花板。

從窗簾的縫隙，可以看到色調帶著濕氣的街燈。偶爾颳起的狂風使得十一月冰冷的雨滴凌亂地敲打在玻璃窗上。我伸手想摸出枕邊的手表，最後又因為嫌麻煩而作罷。現在到底幾點鐘並不是什麼大問題，該擔心的是我沒有帶傘。

我看著天花板，想到了傳說中沉入海底的古代大陸。為什麼會想到這種事，我也搞不清楚。大概是因為在下著十一月冰冷的雨的夜裡沒有帶傘的緣故。或者是因為用殘留著黎明夢境的冰冷的手，去抱了連名字也不知道的女人的身體——我已想不起是什麼樣的身體——的緣故吧。因此我才會想到遠古沉沒到海底的傳說大陸。光線若隱若現，聲音含糊不清，空氣沉重而潮溼。

自從那失去了之後，正因為如此，我自己才會想到了傳說中沉入海底的古代大陸。到底已經經過多少年了呢？

可是我無法想出失去那個的年代。那個或許早在雙胞胎離開我身邊之前就已經失去了。雙胞胎只是來讓我知道這件事而已。關於失去的重要，我們所能確定的並不是失去的日期時刻，只是我們發覺到失去了的日期時刻罷了。

算了。就從那裡開始吧。

三年了。

三年的歲月將我送到了這十一月的雨夜。

可是，或許我正逐漸在適應這個新世界吧。也許要花點時間，但我應該會將骨肉一點一點填進這個沉重而潮溼的宇宙斷層中吧。不論是處在何種情況下，到了最後，人都會讓自己逐漸被同化。即使是再鮮明的夢，最後都會被吞入不鮮明的現實中而逐漸消失。或許有一天，我甚至會連曾有這樣的夢存在都想不起來了吧。

我關掉枕邊的燈，閉上眼睛，在床上緩緩舒展身體，然後讓意識沉沒到沒有夢的睡眠之中。雨打在窗玻璃上，幽暗的海流沖刷著被遺忘的山脈。

ローマ帝国の崩壊・一八八一年のインディアン蜂起・ヒットラーのポーランド侵入・そして強風世界×
羅馬帝國的瓦解・一八八一年群起反抗的印地安人・希特勒入侵波蘭・以及強風世界

1——羅馬帝國的瓦解

我發現起風了，是星期天下午的事。準確地說，應該是下午兩點零七分。

當時我正如同往常一樣——也就是說和往常的星期天下午一樣——坐在廚房的桌子前，邊聽著輕音樂邊記著一週份的日記。我每天都先將發生的事情簡單記錄下來，等到星期天再好好整理成文章。

就在寫到星期二，完成了三天份的日記時，窗外強風的呼嘯聲引起了我的注意。我中斷了寫日記的作業，蓋上筆套，出去把晾在陽台的衣服收進來。晾著的衣服就好像是彗星破碎的尾巴一樣，在空中啪噠啪噠地舞動著。

風似乎是在我沒注意的時候逐漸增強的。因為早上——準確地說是上午十點四十八分——我在陽台晾衣服的時候，還連一點風也沒有。關於這件事，我具有如同鼓風爐的蓋子般牢靠而確實的記憶。因為我當時還突然想到「在這種沒有風的日子晾衣服，就不必用夾子固定了。」

……………真的是連一絲絲風也沒有。

我將收進來的衣服仔細摺好疊起來，然後去把公寓住處的窗子全都緊緊關好。窗子全都關好後，風聲就幾乎聽不見了。在無聲之中，窗外的樹木——雪松和栗樹——彷彿是耐不住發癢的狗一般扭著身子；雲朵則有如眼神兇惡的密使，匆匆由空中奔馳而過；對面公寓陽台上有幾件襯衫，如同被遺棄的孤兒，緊抓著尼龍繩打轉。

這簡直就是暴風嘛，我心想。

可是翻開報紙看一下天氣圖，到處都沒有看到颱風的標記，降雨機率居然還是〇％呢。如果只由天氣圖來看，這應該是如同羅馬帝國全盛時期一樣的平和的星期天。

我嘆了一個大約三〇％的輕微嘆息，將報紙摺好，把衣服整齊放進衣櫥，聽著輕音樂泡了咖啡，然後邊喝咖啡邊繼續寫日記。

星期四我和女友睡覺。她非常喜歡戴著眼罩做愛。因此她總是隨身帶著飛機上過夜行李包裡的布眼罩。

雖然我對這一點並不特別感興趣，可是戴眼罩的她非常可愛，所以我對此也沒有異議。反正每個人多多少少都會有一些與眾不同之處。

我在日記的星期四那一頁上，寫的大致就是這些事情，八〇％的事實和二〇％的反省，是我寫日記的方針。

星期五我在銀座的書店遇到一位老朋友。他繫著一條花樣非常奇怪的領帶，條紋底面有無數的電話號碼——

寫到這裡，電話鈴聲響起。

2——一八八一年群起反抗的印地安人

電話鈴聲響起時，時鐘正指著兩點三十六分。大概是她吧——也就是我那個喜歡戴眼罩的女朋友吧——我心想。因為她經常在星期天到我家來玩，而且習慣在來之前先打個電話過來。她應該會買晚餐的材料來。我們已經說好今天要吃牡蠣火鍋。

總之，電話鈴聲響起時是下午兩點三十六分。鬧鐘就放在電話旁邊，每當電話鈴聲響時我都會看看鬧鐘，因此對於這一點的記憶特別清楚。

可是當我拿起聽筒時，卻只聽到強烈的風聲而已。

聽筒中只傳來「嗚喔喔喔喔喔哦」的風聲，彷彿一八八一年印地安人群起反抗時一樣在狂嘯。他們放火燒掉開拓小屋，切斷通訊線路，並且凌辱甘蒂斯・柏根（Candice Bergen）。

「喂！喂！」我試著說，但是我的聲音卻被吸進了壓倒性的歷史狂濤之中。

「喂！喂！」

我試著大吼，結果卻仍然一樣。

我側耳傾聽，似乎隱約有女人的聲音從風聲短暫的間隙中傳來，但這也許只是我的錯覺也不一定。總之，風勢實在太強了。這或許是因為野牛的數量減少得太厲害了。

我暫時不出聲，將聽筒緊貼在耳朵上。由於貼得非常緊，不禁讓我有些擔心聽筒會不會黏在耳朵上拔不開來。可是這種狀態持續了十五秒到二十秒之後，就像是到了發作的高潮的極點，生命線被扯斷了似的，這通話啪一聲切斷了。之後就只有如同被過度漂白的內衣般沒有暖意而且空蕩蕩的沉默，留了下來。

3——希特勒入侵波蘭

真是糟糕，我又嘆了一口氣，然後又回去繼續寫日記。看來還是快點寫完比較好。

星期六時希特勒的裝甲師入侵波蘭。俯衝轟炸機在華沙的市區——

不，不對。不是這樣。希特勒入侵波蘭是一九三九年九月一日發生的事，不是昨天。昨天吃完晚飯後，我去電影院看梅莉．史翠普主演的《蘇菲亞的選擇》。希特勒入侵波蘭是那部電影中的情節。

梅莉．史翠普在電影中與達斯汀．霍夫曼離婚，然後在通勤列車上認識了由勞勃．狄尼洛所飾演的土木技師而再婚。相當有意思的電影。

我的旁邊坐著一對高中情侶，一直撫摸著彼此的腹部。高中生的肚子，說起來相當不錯。我以前也曾經擁有高中生的腹部。

4——以及強風世界

上個月星期的日記全部完成後，我在唱片架前坐下，試著挑選出適合在強風吹襲的星期日午後聆聽的音樂。最後我認為蕭士塔高維契的大提琴協奏曲和《史萊與史庫家族》（Sly and the Family Stone）的唱片應該是適合強風的選擇，便連續放著這兩張唱片來聽。

窗外不時有東西飛過去。一條模樣像是煮著草根的巫師似的白床單從東飛向西。單薄細長的鐵皮廣告看板左右搖晃著，好像肛交愛好者將那孱弱的脊背直往後仰似的。

我一邊聽著蕭士塔高維契的大提琴協奏曲，一邊看著窗外這樣的風景時，電話鈴聲再度響起。電話旁的鬧鐘指著三點四十八分。

我原本預期會再次聽到那有如波音七四七噴射引擎的風聲，拿起聽筒，但這回卻完全聽不到風聲。

「喂喂。」女人的聲音。

「喂喂。」我說。

「我現在可以帶牡蠣火鍋的材料過去你那邊嗎？」我的女朋友說。她正帶著牡蠣火鍋的材料和眼罩朝我家而來。

「可以呀。不過——」

「你有陶鍋嗎？」

「有啊。」我說。「可是聽不到風的聲音了，怎麼回事呢？」

「嗯，風已經停了。在中野，三點二十五分就停了，你那邊差不多也該停了吧？」

「可能吧。」我說完掛斷電話，從廚房的吊櫥裡拿出陶鍋在流理台沖洗乾淨。

風正如她的預告在三點二十五分突然就停了。我打開窗戶眺望外面的風景。窗戶下面有一隻大黑狗，正專注地四下嗅著地面的味道。狗持續著那個作業十五到二十分鐘都還不厭倦。狗到底為什麼非這麼做不可，我也搞不清楚。

但是除了這件事之外，世界的容貌及其系統都與起風前並沒有兩樣。雪松和栗樹好像什麼事情都沒有發生過似地矗立在空地上，晾著的衣物垂掛在尼龍繩上，烏鴉站在電線杆頂啪噠啪噠拍動著像信用卡一樣光滑的翅膀。

就在這個時候，女朋友也到了，並開始動手做牡蠣火鍋。她站在廚房裡洗牡蠣，剁剁地切著白菜，將豆腐擺放進去，並準備高湯。

「打了啊。」她邊用笊籬淘米邊說。

「我什麼也聽不見呢。」我說。
「嗯，對啊，風太強了嘛。」她不以為意地說。
我從冰箱拿出啤酒，坐在餐桌邊上喝了起來。
「可是，為什麼會突然颳起那麼強的風，又突然說停就停呢？」
我試著問她。
「我也不知道呀。」她背對著我，一邊用指甲剝蝦殼一邊說。
「關於風，我們不知道的還多著呢。就像關於古代史、癌症、海底、宇宙，和性一樣，我們不知道的還多著呢。」
「哦。」我說。這根本不成為答案。可是我知道就這個問題再和她談也別指望會有進一步的發展便放棄了，乖乖看著牡蠣火鍋的形成過程。
「欸，我可以摸摸妳的肚子嗎？」我試著問她。

「等一下吧。」她說。

在牡蠣火鍋做好之前，我為了下個星期要整理日記時之用，先將今天發生的事做了個簡單的備忘錄。

1. 羅馬帝國的瓦解

2. 一八八一年群起反抗的印地安人

3. 希特勒入侵波蘭

這樣的備忘錄。

如此一來，到了下個星期也能正確想起今天發生了那些事情。由於採取了這麼周詳的系統，我這二十二年來才能一天都不間斷地寫日記。一切有意義的行為都有其獨特的系統。不論颳不颳風，我都這樣活著。

ねじまき鳥と火曜日の女たち×
發條鳥與星期二的女人們

那個女人打電話來時，我正站在廚房裡煮義大利麵。義大利麵就快要煮好了，而我正和著調頻廣播電台播放的羅西尼的《鵲賊》序曲吹著口哨。這應該是最合適煮義大利麵時聽的音樂了。

聽到電話鈴響時，我原本打算不予理會，繼續煮義大利麵。因為麵就快煮好了，而且阿巴多（Claudio Abbado）正要把倫敦交響樂團帶進那音樂的高潮。但是，我還是將瓦斯的火關小一點，右手仍拿著筷子走到客廳去拿起聽筒。因為我突然想到，或許是朋友打來談新工作的事。

「我想佔用你十分鐘時間。」一個女人唐突地說。

「什麼？」我詫異地反問。「請問妳說什麼？」

「我說想佔用你十分鐘。」女人又重複了一次。

我根本沒聽過這個女人的聲音。因為我對於記憶別人的音色可說是具有絕對的自信，應該不至於弄錯。這是我不認識的女人的聲音。低沉柔和，而且無從掌握的聲音。

「對不起，請問妳是哪位？」我仍然保持禮貌試著問。

「這不重要。反正我只要十分鐘就好。我想這樣就足以讓我們更互相了解。」女人劈里啪啦地說。

「互相瞭解？」

「我是指心情。」女人簡潔地回答。

我探頭由開著的門看看廚房。煮義大利麵的鍋子正冒著令人愉快的白色蒸氣，阿巴多繼續指揮著《鵲賊》。

「很抱歉，我正在煮義大利麵，馬上就要起鍋了，如果和妳講十分鐘，義大利麵就要糊掉了。可以掛斷電話嗎？」

「義大利麵？」女人好像很驚訝。「才早上十點半而已，為什麼要在早上十點半煮義大利麵呢？這不是很奇怪嗎？」

「奇不奇怪都和妳沒有關係。」我說。「早餐幾乎什麼都沒吃，現在餓得很呢。我自己做給自己吃，什麼時候要吃些什麼那是我的自由吧？」

「嗯，很好啊。那就掛斷吧。」女人像是倒油一樣用平靜無波的聲音說。真是不可思議的聲音。一點點的感情變化，就像可以用開關切換頻率似的完全改變聲調。「我等一下再打來。」

「等一下！」我急忙說。「如果這是什麼推銷手法的話，打多少次電話都沒用。我現在正失業中，沒有閒錢買任何東西。」

「這個我知道。你放心。」她說。

「知道？妳知道什麼？」

「你不是失業中嗎？這我知道啊。你還不趕快回去煮義大利麵嗎？」

「妳到底是——」我話還沒說完電話就被掛斷了。非常唐突的掛斷法。不是掛上聽筒，而是用手指按掉的。

我的心情沒有地方宣洩，只能茫然看著手中的聽筒，過了一會兒才想起義大利麵，於是放回聽筒走回廚房。我關掉瓦斯爐，用笊籬將義大利麵撈起來，淋上事先用小鍋熱好的番茄醬料，開始吃了起來。義大利麵被莫名其妙的電話一攪和而煮得太軟，但還沒有到無法下嚥的地步，而且我已經餓得顧不了火候微妙的差異了。我一邊聽著收音機的音樂，一邊將兩百五十公克的麵一根不剩悠哉地送進胃裡。

我在流理台洗盤子和鍋子，並趁這段時間燒了壺開水，用茶包泡了紅茶。然後一邊喝茶一邊試著回想剛才那通電話。

互相瞭解？

那個女人到底為什麼打電話給我？她到底又是什麼人呢？一切都是謎。我既不曾接過陌生的女人打來的匿名電話，也完全猜不透她到底想說什麼。

隨他去吧——我心裡想——我才不要跟不知道哪裡的什麼女人互相瞭解心情呢。這種情一點用也沒有。總之，對我來說，最重要的就是找一份新的工作，並確立屬於我的新生活圈。

儘管如此，我回到客廳沙發上讀著從圖書館借來的連．戴頓（Len Deighton）的小說時，卻不時瞄著電話，並逐漸開始在意起女人所說的「花十分鐘彼此瞭解一下」到底是什麼意思。十分鐘到底能夠彼此瞭解些什麼呢？

回想一下，女人一開始就十分肯定地將時間劃分出十分鐘。而且讓我覺得她對那限時的設定非常有自信。或許是九分鐘太短，十一分鐘又太長也說不一定。就像將義大利麵煮到剛好（el dente）一樣……

由於分心想著這件事，連小說的情節都搞不清楚了，於是我起身做做體操，然後決定去燙襯衫。在頭腦混亂時，我常常會燙襯衫。一直都是如此。

我燙襯衫的工程一共分為十二個步驟。那就是從（1）領子（外面）開始，到（12）左袖口結束。這順序從不曾搞混過。我數著號碼，一面依照順序燙下去。如果不這麼做就無法燙好。

我享受著蒸氣熨斗的蒸氣聲和棉布受熱發出的獨特氣味，燙了三件襯衫，確定沒有皺褶後再用衣架掛進衣櫥裡。把熨斗的開關關掉，和燙馬一起收進壁櫥之後，我的頭腦似乎清楚多了。

我想喝水，正準備走進廚房時，電話鈴聲又響起來。真要命，我心想。就這樣走去廚房還是回到客廳讓我猶豫了一下，最後還是回到客廳接起電話。如果又是那個女人打來的話，我就說正在燙衣服，然後把電話掛斷就行了。

但這通電話是妻子打來的。我看了一眼放在電視上的時鐘，指針指著十一點半。

「你好嗎？」她說。

「很好啊。」我鬆了一口氣說。

「在幹什麼？」

「剛燙好衣服。」

「發生了什麼事嗎？」妻子問，聲音中帶著一絲緊張。她很清楚我一覺得混亂就會燙衣服。

「沒事。只不過想燙襯衫而已。沒有什麼特別的事。」我說著坐到椅子上，將聽筒由左手換到右手。「妳有什麼事嗎？」

「嗯。是工作的事。有一個工作還可以。」

「哦。」我說。

「你會寫詩嗎？」

「詩？」我詫異地反問。詩？妳說詩到底是指什麼呢？

「我認識的雜誌社出版了一本以年輕女孩為對象的小說雜誌，要找一個負責挑選和修改詩文投稿的人，還必須每個月寫一首用在扉頁上的詩。工作簡單，而且待遇相對還相當不錯喔。這當然只屬於兼職，不過做得好的話，也許還可以轉任編輯的工作——」

「簡單？」我說。「請等一下。我要找的是法律事務所的工作啊。怎麼會要我去改詩呢？」

「可是你不是說過高中時寫過東西嗎？」

「那是新聞稿。高中報紙啊。寫一些報導足球大賽中哪一班獲勝，物理老師從樓梯上跌下來住院了，這種無聊的報導而已啊。不是詩。我可不會寫什麼詩。」

「雖然說是詩，也不過是讓高中女生看的那種詩啊，並不需要太講究。又不要寫像亞倫．金斯柏（Allen Ginsberg）那樣的詩，只要應付應付就行了。」

「就算是應付應付的詩我也絕對寫不出來。」我斬釘截鐵地說。不可能會寫呀。

「喔。」妻子有些遺憾地說。「可是，好像又找不到你說的法律相關工作。」

「已經談過好幾次了，這個星期應該會有回音，如果都不行的話，到時候再說吧。」

「哦？那就先這樣。今天是星期幾呢？」

「星期二。」我想了想之後說。

「能不能幫我去銀行繳一下瓦斯費和電話費呢？」

「好啊。我正打算去買晚餐的菜，可以順道過去。」

「晚餐要吃些什麼呢？」

「喔，還不知道。」我說。「還沒有決定好。去買菜的時候再想吧。」

「還有，」妻子以鄭重的語氣說，「我覺得，或許你不必找工作也沒關係。」

「為什麼？」我又嚇了一跳。好像全世界的女人打電話來，都是為了要讓我嚇一跳似的。「為什麼不去找工作也沒關係呢？再三個月失業保險金就沒了，我總不能這樣遊手好閒下去吧？」

「我已經加薪了，副業也很順利，存款也不少，只要不太浪費，不就夠用了嗎？」

「然後由我來做家事嗎？」

「不喜歡嗎？」

「我不知道。」我老實地說。我不知道。「我考慮考慮。」

「想一想吧。」妻子說。「還有，貓回來了嗎？」

「貓？」我反問了之後，才發現從早上起就將貓的事情忘得一乾二淨了。「沒有。好像還沒有回來。」

「能不能幫我到附近去找找看？都已經失踪四天了。」

我敷衍了一下，將聽筒又換到左手。

「我想說不定是在『後巷』底那間空屋的院子裡。那個有鳥的石像的庭院呀。我在那裡看過牠好幾次。你知道那個地方嗎？」

「不知道。」我說。「不過，妳什麼時候一個人跑去『後巷』的呢？我怎麼從來沒有聽妳提起——」

「抱歉，我要掛電話了。差不多該回去工作了。貓的事情就拜託了。」

然後電話掛斷了。

我又看著聽筒好一會兒，然後才放下。

妻子竟然會知道「後巷」的事，我覺得很不可思議。要進去「後巷」，必須從院子翻過一道相當高的磚牆，而且特地這麼費事進去「後巷」也沒有任何意義。

我去廚房喝水，打開調頻收音機的開關，然後剪指甲。收音機裡正在播放羅勃．普蘭特（Robert Plant）新唱片的特集，但是我只聽了兩首耳朵就痛起來，又把收音機關掉。然後我到簷廊檢查貓的餐盤，昨天晚上放進盤裡的小魚乾一條都沒動過，可見貓還是沒有回來。

我站在簷廊，看著明亮的初夏陽光照射在我家狹小的庭院。並不是看了能讓人心情平靜的庭院。每天只有很短暫的時間能夠曬到太陽，所以泥土地總是黑黑溼溼的；至於植栽，也只不過角落裡那兩三棵紫陽花而已。何況我並不怎麼喜歡紫陽花。

附近的樹林裡，可以聽到一種好像是發條似的嘰咿咿咿的規律鳥鳴聲，我們都叫那種鳥為「發條鳥」。這個名字是妻子取的。真正的名字並不清楚，也沒有看過牠的模樣。不過這些都沒有關係，發條鳥每天都會來到附近的樹林裡，為我們所屬的安靜世界上發條。

為什麼我非得出去找貓不可呢？我邊聽著發條鳥的叫聲邊這麼想。即使真的找到了貓，接下來又該怎麼辦呢？是要勸貓回家嗎？喂，大家都在擔心你喔，回家去吧，這樣拜託就行了嗎？

算了算了，我心想。真的是都算了。讓貓去牠喜歡的地方過牠喜歡的生活不是很好嗎？我已經三十歲了，到底還在這裡幹什麼呢？洗衣服、考慮晚餐的菜單，還有找貓。

曾經——我回想著——我也是個充滿希望的正經人，高中時因為讀了丹諾（Clarence Darrow）的自傳而立志要當律師。成績也不錯。高中三年級票選「最有希望的未來大人物」時，我還得到班上的第二名。後來也進了還不錯的大學的法學院。不知道是哪裡出錯了。

我坐在廚房的桌子前托著下巴，針對這一點——我的人生指針到底是從什麼時候、在哪裡開始錯亂的——試著想了一下。可是我不知道。因為根本想不出有什麼特別的事情。既不是在政治運動中受挫，也不是對大學感到失望，更沒有和女孩子糾纏不清。我只是過著自己非常普通的生活。而就在大學快要畢業前的某一天，我突然發現自己已經不是過去的自己了。

那種差異剛開始一定非常微小，小到連眼睛都看不到吧。但那差異卻隨著時間而逐漸變大，最後把我送到了連原來應該有的模樣都快要看不到的邊境。如果以太陽系來比喻，我現在的位置應該是在土星和天王星的中間點附近。再過去一點或許就看得到冥王星了。然後——我心想——那前面到底有些什麼呢？

二月初我從一直服務的法律事務所辭掉了工作，但並沒有什麼特別的理由。也不是不喜歡工作的內容。雖然工作的內容說不上特別讓人心動，但是待遇還不錯，工作場所的氣氛也很融洽。

在那法律事務所，我的角色簡單說就是專職差役。

不過我覺得自己很稱職。或許由自己來說有些奇怪，但是我在執行這種講求實際的職務方面可說是相當有能力的人。理解能力強、行動俐落、從不抱怨、而且想法實際。所以當我表示想要辭職的時候，老先生——主持這間事務所的父子檔律師中的父親——甚至表示要替我加薪，希望我無論如何能留下來。

但最後我還是離開了事務所。為什麼要辭職，連我自己也弄不清楚原因。辭職之後要做什麼也沒有明確的希望和展望。想到要在家裡閉關準備司法考試又嫌麻煩，更何況我並不是那麼想當律師。

我在晚餐時對妻子提出「想把工作辭掉」時，她說「是喔」。這句「是喔」到底是什麼意思，我完全搞不清楚，但她接著沉默了一會兒。

見我也沉默不語，「想辭就辭吧。」她說。「這是你的人生，想怎麼做就去做吧。」說完就開始用筷子把魚刺撥到盤邊。

妻子在設計學校從事事務所性質的工作，領一份還不錯的薪水，而且還會從編輯朋友那裡拿到一些插畫的工作，那收入也不能小覷。而我則可以領半年的失業保險。再加上如果我每天在家處理好家務，外食費和洗衣費這些額外的開銷都可以節省下來，生活應該和我上班領薪水時不會有太大的差異。

於是我就辭掉了工作。

十二點半，我和平常一樣背了個帆布大肩包出去採買。先繞到銀行去繳瓦斯費和電話費，然後去超級市場買晚餐的材料，再去麥當勞吃起司漢堡喝咖啡。

回到家後正把食品塞進冰箱時，電話鈴響了。在我聽來，那鈴聲好像非常著急地響著。我將才撕開一半塑膠盒裝的豆腐放在桌上，走到客廳去拿起聽筒。

「義大利麵吃完了嗎？」是那個女人。

「吃完了。」我說。「不過我現在必須去找貓才行。」

「等個十分鐘總可以吧？如果是要去找貓的話。」

「嗯，如果是十分鐘的話。」

我到底在幹什麼啊，我心想。為什麼我非要和這個來歷不明的女人聊十分鐘不可呢？

「那麼我們可以開始互相瞭解囉？」女人靜靜地說。女人——雖然不知道是什麼樣的女人——但我似乎可以感覺到電話那一頭的她在椅子上調整了一個舒適的姿勢，而且蹺起了二郎腿。

「這要怎麼說呢？」我說。「即使是相處十年也未必能互相瞭解啊。」

「那就試試看吧？」她說。

我脫下手表切換成馬表狀態，開始計時。液晶數字由1變到10。這就十秒了。

「為什麼找上我呢？」我試著問。「為什麼不打給別人而要打給我呢？」

「當然有原因囉。」女人好像在慢慢咀嚼食物似地仔細咬字。「因為我認識你。」

「什麼時候？在哪裡？」我問。

「是什麼時候，在哪裡呢？」女人說。「不過這些都無關緊要。重要的是**現在**呀，不是嗎？而且要說這些，時間一下子就過去了。**我也不是不著急啊**。」

「拿出證據吧。妳說認識我的證據。」

「例如什麼？」

「我幾歲？」
「三十。」女人立刻回答。「三十歲又兩個月，這樣可以嗎？」
我沉默下來。這個女人的確認識我。但是我怎麼也想不起來曾經聽過這個女人的聲音。我不可能會忘記或聽錯別人的聲音。就算我會忘記別人的長相或是名字。唯有聲音卻是會記得非常清楚。
「現在換你來想像一下我了。」女人好像在誘惑我似地說。「從聲音來想像喔。可以想像我是個什麼樣的女人嗎？這你不是很拿手嗎？」
「我不知道。」我說。
「試試看嘛。」女人說。
我瞄了一下手表，才過了一分零五秒而已。我無奈地嘆了一口氣。反正已經接受了。一旦接受，就只有奉陪到底。就如同我過去經常做的那樣——確實如她所說，那曾經是我的特技——將精神集中在對方的聲音上。

「不到三十歲，大學畢業，東京出生，童年的生活環境中上。」我說。

「太驚人了！」她說，電話那頭傳來用打火機點菸的聲音。咔嚓一聲。「再多試一些呀。」

「應該相當漂亮吧。至少妳自己這麼認為。不過有一些自卑。或許是因為個子矮，或者胸部不夠豐滿之類的。」

「很接近喲。」女人嗤嗤地笑著說。

「已婚，但是感情不太好。有一點問題。因為沒有問題的女人是不會打匿名電話給男人的。不過我不認識妳，至少沒有和妳說過話。光是這樣想像，我還是完全想不出妳的模樣。」

「這樣啊。」女人以平靜的語氣說，好像在我的腦袋裡打進一根柔軟的楔子。「你對自己的能力這麼有自信嗎？難道你不覺得自己的腦袋裡有一個致命的死角嗎？如果不是這樣，你不認為自己現在應該會是個比較有為的人嗎？你這麼聰明，能力又比別人強。」

「妳太高估我了。」我說。「雖然我不知道妳是誰，但我並不是那麼優秀的人。我欠缺成事的能力，所以才會逐漸偏離到小路上去。」

「可是，我喜歡過你喔。雖然那是過去式了。」

「那就是過去式了。」我說。

兩分五十三秒。

「也不是那麼久以前的事。我們並不是在談歷史啊。」

「是在談歷史啊。」我說。

死角，我心想。或許確實如這個女人所說的也不一定。在我的腦袋裡、身體裡，以及存在本身中的某個角落，有個像是失落的地底世界的部分，或許就是那使我的生活方式發生了微妙的錯亂。

不，不對，不是微妙的。是大幅的。到了無法收拾的地步。

「我現在正在床上喲。」女人說。「剛洗過澡，什麼也沒穿。」

真要命，我心想。什麼也沒穿。這簡直就成了色情錄音帶了嘛。

「是穿件內衣好呢，還是穿上絲襪比較好呢？哪一種比較有感覺？」

「怎麼樣都無所謂。隨妳高興。」我說。「不過很抱歉，我沒興趣在電話裡談這些。」

「十分鐘就好了嘛。只要十分鐘喲。花個十分鐘並不會造成什麼致命的損失吧？我只要求這樣而已。不是有所謂的緣分嗎？反正只是一問一答嘛。裸體就好嗎？還是穿上什麼比較好？我有各種衣服喲。比如說吊襪帶啦……」

吊襪帶？我心想。頭腦好像快要錯亂了。現在還穿吊襪帶的女人，不是只有《閣樓》雜誌的模特兒嗎？

「裸體就好了。什麼也不必做。」我說。

這就四分鐘了。

「陰毛還是溼的呢。」女人說。「我沒有用浴巾好好擦，所以還是溼的。溫暖又潮溼喔。非常柔軟的陰毛喔。又黑又柔軟。摸摸看。」

「喂，不好意思——」

「再下面一點更溫暖喲。就好像剛熱過的奶油一樣，非常溫暖。真的喲。你覺得我現在是什麼姿勢呢？右膝立起來，左腿往旁邊張開，以時鐘的針來說是十點五分左右。」

從聲調聽來，我知道她所言不假。她真的將兩腿打開成十點五分的角度，並將陰道弄得溫暖而潮溼。

「摸摸唇。慢慢的喲。然後打開，慢慢的喲。用指腹慢慢地摸。對，非常慢喔。然後用另一隻手玩弄左邊的乳房。從下面溫柔地往上撫摸，再輕輕捏住乳頭。就這樣重複下去，一直到我快要到了為止。」

我一言不發將電話掛斷，然後躺在沙發上看著天花板，抽了一根菸。馬表停在五分二十三秒。

一閉上眼睛，像是由各色顏料亂七八糟塗在一起的黑暗就降臨到我身上。

為什麼會這樣呢？我心想。為什麼大家都不放過我呢？

剛過了十分鐘，電話鈴聲又響起，但這次我並沒有拿起聽筒。電話鈴響了十五聲，然後掛斷了。鈴聲靜止之後，宛如重力失衡般的深深沉默充滿了周遭。好像五萬年前被封閉在冰河裡的石頭般深沉而冰冷的沉默。十五響的電話鈴聲，使我周圍的空氣完全變質了。

快兩點時，我翻過庭院的磚牆來到「後巷」。

雖說是「後巷」，但那並不具有後巷原本的意義。說實在的，那是一個實在無法稱呼的替代名稱。正確地說連路都不算。所謂路，應該有入口和出口，是經由這裡應該可以通往某處的通路。

但是「後巷」既沒有入口也沒有出口，走在裡面只會碰到磚牆和鐵絲網而已。甚至連死巷都算不上。因為死巷至少還有個入口。附近的人只不過是姑且把那段小徑稱為「後巷」罷了。

「後巷」就好像把每一家的後院間縫合起來似的，延伸了大約兩百公尺左右。路寬算大概有一公尺多，但有些人家的圍牆會凸出來一點，而且路上又堆著各種雜物，有好些地方非得側身才能夠通過。

據說——這是將房子特別便宜地租給我們的親切叔叔所說的——「後巷」曾經也有入口和出口，具有連接兩條道路的捷徑功能。但是到了經濟高度成長期，原本是空地的地方也都陸續蓋起了房子，因此路寬一下子就被擠得非常狹窄，而住戶也不喜歡自己家的屋簷下和後院有人來來往往，小徑的入口就不露痕跡地被堵了起來。剛開始只是用牢固的籬笆之類的東西來遮掩，但有一戶卻擴張庭院，用磚牆將一邊的入口完全堵住了。好像是在呼應一樣，另一邊的入口也被鐵絲網緊緊封住，連狗都無法通行。因為住戶們原本就幾乎不會利用到這條通路，兩頭的入口被封住了也沒有人抱怨，而且正好有利門戶安全。

因此現在這條路就像是被遺棄的運河般不為人知，也沒有利用價值，唯一的功能就是作為住家之間的緩衝地帶而已。地上長滿了雜草，蜘蛛在四處結了黏黏的網等著蟲子的到來。

妻子為什麼會數度進出這樣的地方，我實在是想不通。我到目前為止也只進去過這「後巷」一次而已，況且她平常就很討厭蜘蛛。

但是一要思考什麼時，我的腦袋就充滿了緊密的高張力氣態物質，兩側的太陽穴也非常痠痛。這是因為昨天晚上沒睡好，因為在五月初顯得過熱的天氣，更因為那通奇怪的電話。

算了，我心想。還是去找貓吧。以後的事情留到以後再去想就好了。與其一直在家裡等電話，不如就這樣到外面走走要好得多了。至少是在做一件有目的的事。

異常清明的初夏陽光，把頭頂上的樹枝影子灑落在後巷的地上。

由於沒有風，那影子看起來好像是永遠無法離開地表，被固定在那裡的宿命性斑點一樣。也許地球會帶著那微小的斑點繼續繞著太陽旋轉，直到西元紀年變成五位數吧。

我從樹枝下走過時，那閃爍的影子便迅速爬上我的灰色T恤，然後又回到地表。

周遭一片寂靜，彷彿連草葉沐浴在日光中的呼吸聲都聽得見似的。天空中飄浮著幾朵小雲，形狀鮮明而簡潔，有如中世紀銅版畫背景中的雲。由於眼前所見的一切都異常清晰，使我感覺自己的肉體有如汪洋，成了漫無邊際的存在，而且非常的熱。

我穿著T恤、薄棉長褲和網球鞋，但在太陽下走久了，還是感覺到腋下和胸口已逐漸汗溼。T恤和褲子都是今天早上才剛從收藏夏季衣物的箱子裡翻出來，只要一深呼吸，防蟲劑強烈的氣味便像是體型尖尖的微小飛蟲般鑽進我的鼻子裡。

我仔細留意兩側的狀況，以均勻的步伐在後巷中慢慢走，並不時停下腳步，小聲叫喚貓的名字。

夾著後巷而建的房子，就像是將比重不同的液體加在一起似的，很清楚地分為兩類。一類是擁有寬廣庭院的老式住宅群，另一類是小巧雅致近年才建的家屋。新的住家一般都沒有稱得上後院的寬廣空間，有的甚至連一小片稱得上院子的地方都沒有。這種房子的屋簷和後巷之間，只有勉強擠進兩根曬衣竿大小的空間而已。有時曬衣竿甚至伸進後巷來，使我不得不在好像還會滴水的浴巾、襯衫、床單陣中閃躲前進。從這些人家中可以清楚聽到電視和抽水馬桶聲，也有煮咖哩的香味飄出來。

相較之下，早期的老房子就不太能感覺到生活的氣息。用各種灌木和龍柏搭配而成的籬笆形成了有效的屏障，從縫隙中可以看見經過精心整理的寬廣庭院。主屋有各式各樣的建築風格。有的是擁有長廊的日本式房子，有的是擁有帶著歲月痕跡銅製屋頂的洋房，也有最近改建的摩登建築，但是共通之處是都看不到住戶的人影。聽不到任何聲音。聞不到任何氣味。甚至幾乎看不到曬洗的衣物。

由於是第一次這樣在後巷慢慢地邊走邊觀察，四周的風景在我的眼裡都顯得非常新鮮。有一家後院的角落裡孤零零地擺著一棵已經枯黃的聖誕樹。有一家的院子看起來像是收集了好幾個人少年期的遺跡似的，各式各樣的玩具堆了一地。三輪車、套圈圈、塑膠劍、橡皮球、烏龜造型的娃娃、小球棒和木製的小卡車等等。有裝設籃球框架的院子，也有排放著高級庭園椅和陶製桌子的院子。白色的庭院椅好像已經幾個月（或是好幾年）都沒有使用過一樣，蒙上了一層厚厚的灰塵。紫玉蘭的花瓣被雨水打落黏在桌子上。

還有一戶人家裝設了落地的玻璃鋁門窗，客廳內部可以一覽無遺。裡面有一套肝紅色的皮沙發、大型電視組合、裝飾櫥櫃（上面放著熱帶魚缸和兩座獎盃），以及裝飾用的立燈。看起來就像是連續劇的佈景一樣不真實。

還有一家的院子裡有個大型狗用的狗屋，周圍用鐵絲網圍著。可是裡面看不見狗的蹤影，門也敞開著。鐵絲網好像有人一連好幾個月都在裡面倚靠在上面似的，向外鼓脹成圓弧形。

妻子說的空房子就在那間有狗屋的房子在過去一點。而我也立刻就知道那是一個空房子，而且一眼就可以看出來不只是空著兩個月或三個月那麼簡單。這是一棟較新的兩層透天住家，只有那緊閉的木製防雨板顯得十分老舊，二樓窗上的欄杆也滿是紅色的鐵鏽，好像隨時會塌下來一樣。小巧的庭院裡有一個高及胸部的台座，上面有一個展翅的鳥形石像，四周雜草叢生，長得特別高的秋麒麟草正好伸到了鳥的腳下。鳥——雖然我不知道是哪一種鳥——好像很不滿這樣的狀況，一副振翅欲飛的模樣。

除了這座石像之外，院子裡就沒有其他像樣的裝飾了。兩張舊塑膠庭園椅整齊地排在屋簷下，一旁的杜鵑開著格外沒有現實感的鮮豔紅花。除此之外我所看到的就盡是雜草了。

我靠在高及胸部的鐵絲網圍籬上，看著那庭院好一會兒。雖然的確像是貓喜歡的庭院，但不管怎麼看都沒有發現貓的蹤影。只有立在屋頂上的電視天線上停著一隻鴿子，向四周也傳送牠那單調的叫聲。石鳥的影子落在叢生的雜草上，被分割成零零碎碎的形狀。

我從口袋裡掏出香菸用火柴點著，就這麼靠著鐵絲網抽起來。

在這一根菸的時間裡，鴿子就站在電視天線上，一直以同樣的調子啼著。

抽完菸丟在地上踩熄了之後，我覺得自己好像仍靜靜地靠在那裡好一段時間。至於靠在那金屬網上的時間有多長，我也搞不清楚。我非常睏，腦袋昏昏沉沉的，幾乎什麼也沒想地一直望著鳥石鳥的影子一樣。

或許我是在想著什麼也不一定。但就算是，那作業也是在我的意識領域之外的地方進行的。就現象來說，我只是一直盯著落在草葉上的鳥影而已。

我感覺好像有人的聲音潛入了鳥的影子裡。那是什麼人的聲音我並不知道。可是是女人的聲音。好像有人在叫我。

一回頭，我看到有個十五、六歲的女孩站在對面的後院裡。小個子，直直的短髮，戴著琥珀色框的深色太陽眼鏡，穿著袖子剪掉了的淺藍色愛迪達Ｔ恤。露在外面的纖細雙臂，以五月來說已經曬得很黑了。她一隻手插在短褲的口袋裡，另一隻手搭在高及腰部的竹製柵門上，不太安穩地支撐身體。

「好熱喔。」女孩對我說。

「是很熱。」我也說。

怎麼又來了，我心想。今天一整天找我說話的盡是些女人。

「喂，你有菸嗎？」

我從長褲口袋裡拿出一盒短支的HOPE遞給女孩。她把手從短褲口袋裡拿出來，抽出一根菸，好像覺得很稀奇地看了一下後才銜在嘴裡。嘴巴很小，上唇微微外翻。我擦了根紙火柴幫她點菸。女孩彎下身子時，耳朵的形狀便可以清楚看見。感覺就像是剛剛才做好，光滑而美麗的耳朵。短短的茸毛沿著那纖細的輪廓泛著光。

她一副老練的模樣，很滿足似地將煙由嘴唇的中央吐出來。然後好像是突然想起來似地抬頭看著我的臉。我看見有兩張自己的臉分別映在太陽眼鏡的兩片鏡上。鏡片的顏色非常深，又做過反光處理，因此我無法看出她那藏在後面的眼睛。

「住在附近嗎？」女孩問。

「是啊。」我回答，然後想指出自己家的方向，可是已經弄不清楚正確的方向到底在哪一邊了。因為途中經過了好幾個角度怪異的轉角。於是我指了個大概的方向應付過去。反正哪一邊都沒什麼兩樣。

「你一直在那裡做什麼？」

「找貓。三、四天前就不見了。」我邊回答邊在褲管旁擦著冒汗的手心。「有人曾在這一帶看過我家的貓。」

「什麼樣子的貓？」

「大隻的公貓。橘色虎斑，尾巴末端有一點彎曲。」

「名字是？」

「名字？」

「貓的名字啊。總有個名字吧？」女孩邊透過太陽眼鏡盯著我的眼睛——我覺得應該是在盯著吧——邊說。

「昇。」我回答。「渡邊昇。」

「貓也取這麼氣派的名字啊。」

「那是我大舅子的名字。因為感覺上很像，就開玩笑取了這個名字。」

「怎麼個像法呢？」

「動作很像。比如說走路的樣子、愛睏時的眼神等等。」

女孩子第一次露出了笑容。表情一放鬆，看起來比第一印象更孩子氣。微微外翻的上唇以不可思議的角度探向空中。

・・・

摸摸看，我似乎聽到了這個聲音。但這是那個打電話的女人的聲音，不是這個女孩的聲音。我用手背擦擦額頭上的汗。

「橘色虎斑的貓，尾巴末端有一點彎曲。」女孩像在確認似地複述了一次。「有沒有戴項圈什麼的？」

「戴了一個黑色的除蚤項圈。」

女孩一隻手放在柵門上，想了大概十秒到十五秒。然後順手將變短的香菸扔到我的腳邊的地上。

「幫我踩掉好嗎？我打光腳。」

我用網球鞋底將菸頭仔細踩熄。

「如果是那隻貓的話，我應該看過。」女孩好像故意斷句般慢慢地說。「尾巴末端我倒是沒有注意，總之是橘色的虎紋貓，滿大隻的，應該也戴著項圈吧。」

「是什麼時候看到的？」

「欸，什麼時候呢？應該看過好幾次。因為總是會在院子裡做日光浴，是什麼時候我已經搞不清楚了，但應該就是這三、四天吧。我家院子已經成了附近的貓的通路了，經常會有各種貓經過。牠們都是從鈴木家的籬笆穿出來，經過我家的院子，再走到宮脇家的院子去。」

女孩說著指了指對面空屋的庭院。空屋庭院裡仍舊是石鳥張著翅膀，秋麒麟草接受著初夏的陽光，電視天線上的鴿子繼續以單調的聲音啼著。

「謝謝妳告訴我。」我對女孩說。

「喂，怎麼樣，要不要到我家的院子等等看，反正貓都會經過我家到對面去，而且在這附近徘徊，會有人把你當成小偷，打電話報警喔。這種事發生過好幾次了。」

「可是也不好隨便跑到別人家的院子去等貓吧。」

「沒關係。這不必客氣。我們家只有我在，沒有人說話還挺無聊的呢。兩個人在院子裡邊做日光浴邊等貓經過不是很好嗎？我的眼睛好，可以幫你注意。」

我看看手表。兩點三十六分。我今天的工作，就只剩下在天黑前把晾的衣服收回來，還有準備晚餐。

「那我就等到三點吧。」我還不太能掌握狀況，但仍這麼說。

柵門打開後進到裡面，我跟著女孩走上草地時，這才發現她的右腳有點跛。女孩嬌小的肩頭像是機械曲軸般規律地向右傾斜搖晃。她走了幾步停下來，示意要我走到她身邊。

「上個月發生車禍啦。」女孩簡單地說。「我坐別人的機車被摔出去了。真倒楣。

草坪庭院的正中央擺著兩張帆布躺椅，一張的椅背上掛著藍色的大浴巾，另一張上則雜亂地堆著紅色的萬寶路菸盒、菸灰缸、打火機、大型收錄音機和雜誌。收錄音機裡還開著，喇叭正小聲播放我沒聽過的硬式搖滾。

她將帆布躺椅上雜七雜八的東西移到草地上，讓我坐下，又把收錄音機關掉不再撥放音樂。在椅子上坐下後，可以從樹木之間看見後巷和一巷之隔的空屋。白色的石鳥像、秋麒麟草，以及鐵絲網圍籬也都看得到。我猜想，女孩大概一直坐在這裡觀察我的舉動吧。

這是個大而簡單的庭院。草地以和緩的坡度開展，其間點綴著小樹叢。帆布躺椅的左手邊有個用水泥砌成的大水池，但最近好像並沒有使用，水都放掉了，就像一隻仰臥的水中生物，讓變成淡綠色的池底曬著太陽。背後樹叢的後面看得到削角優雅的老式西洋風格的主屋，但房子本體並不那麼大，看起來也不豪華。不過庭院很大，而且整理得很用心。

「以前我曾經在修剪草皮的公司打工。」我說。

「是嗎？」女孩子好像不太感興趣。

「這麼大的院子整理起來應該很不容易吧。」我環視著四周說。

「你家沒有院子嗎？」

「只有一個小小的院子而已。只能種兩、三棵紫陽花。」我說。

「妳都是一個人在家嗎？」

「嗯，是啊。白天都只有我一個人。上午和傍晚會有幫傭的歐巴桑過來，其他時間就我一個人。喂，要不要喝點冷飲？也有啤酒喔。」

「不用了。」

「真的？不要客氣喔。」

「我不渴。」我說。「妳不必上學嗎？」

「你不用上班嗎？」

「想上班也沒有工作。」我說。

「失業了？」

「是啊。我自己辭職的。」

「原來做什麼工作呢？」

「像是幫律師跑腿的工作。」我說著慢做了個深呼吸，以免話說得太快了。「到政府機關去收集各種文件、整理資料、檢查判例、辦理法院的事務手續等等。」

「可是已經辭掉了嗎？」

「對。」

「你太太在上班嗎？」

「是在上班。」我說。

我掏出香菸銜在嘴裡，擦了根火柴點燃。附近的樹上有發條鳥在叫。發條鳥上了十二次，還是十三次發條之後，就飛往別的樹去了。

「貓都會從那裡經過。」女孩說著指了指草坪邊緣一帶。「看到鈴木家籬笆後面的焚化爐了沒？就是從那旁邊出來，直接穿過草坪，再從柵門下鑽出去，到對面的院子去。路線都一樣喔——喂，鈴木先生是大學教授，經常上電視，你認識嗎？」

「鈴木先生？」

女孩向我說明鈴木先生的事，但我並不認識這一號人物。
「我幾乎不看電視的。」我說。
「很討厭的一家人。」女孩說。「擺什麼名人的臭架子。能上電視的傢伙都很虛偽。」
「是嗎？」
女孩拿起萬寶路菸盒抽出一根，沒點火，只放在手中滾動著。
「或許其中也有幾個像樣的人，可是我不喜歡。宮脇家的人就很不錯。太太是個好人，先生經營了兩、三家芳鄰餐廳。」
「為什麼不住這裡了呢？」
「不知道。」她邊用指甲彈著香菸前端邊說。「大概是欠債什麼的吧。」匆匆忙忙就走人了，大概也有兩年了吧。房子就這樣丟著不管，貓一直增加，又不太安全，我媽媽一直抱怨呢。」

「有那麼多貓嗎？」

女孩終於把菸含在嘴裡，用打火機點燃。然後點點頭。

「有各式各樣的貓喔。有毛都掉了的，有獨眼的……眼睛被挖掉了，那裡變成一個肉塊呢。很慘吧。」

「是滿慘的。」

「我的親戚裡有人有六根手指喔。年紀比我大一點的女孩子，小指的旁邊還多了一根像嬰兒手指一樣的小小指。不過她平常都會巧妙地摺起來，不注意的話根本看不出來，是個很漂亮的女孩子喲。」

「哦。」我說。

「你覺得這種情形是不是遺傳？怎麼說呢……跟血統有關嗎？」

「我不知道。」我說。

接著她沉默了好一會兒。我抽著菸，邊注意著那條貓的通路。到目前為止，連一隻貓都還沒有看到。

「喂，真的不要喝點什麼嗎？我要去倒可樂來喝。」女孩說。

不用，我答道。

女孩從躺椅上站起來，拖著一隻腳消失在樹蔭之後，我拿起腳邊的雜誌隨手翻翻，沒想到竟然是一本以男性為對象的月刊。最中間的彩色頁上的女人穿著薄薄得可以看到性器和陰毛的內褲，坐在凳子上，以非常不自然的姿勢將兩腿張得大開。真要命，我心想。然後將雜誌放回原處，雙手抱胸再次望向貓的通路。

相當長一段時間之後，女孩才拿著一杯可樂回來。她脫掉了愛迪達的T恤，穿著短褲和比基尼泳裝的胸罩。可以清楚看出乳房形狀的那種小胸罩，後面用帶子綁著。

那的確是個炎熱的下午。在躺椅上任由太陽曬著，使我的灰色T恤有好些地方都被汗水溼黑了。

「喂，如果知道自己心愛的女孩有六根指頭，你會怎麼樣呢？」

女孩又接著剛剛的話題說下去。

「賣給馬戲團呀。」

「真的？」

「開玩笑的啦。」我說。「應該不會在意吧。」

「即使會遺傳也一樣嗎？」

我就這一點稍微想了一下。

「應該不會在意吧。多一根手指，又不是什麼缺陷。」

「如果有四個乳房呢？」

我也就這一點想了一下。

「不知道。」我說。

四個乳房？這話題好像會沒完沒了似的，我決定試著換個話題。

「妳幾歲？」

「十六。」她說。「剛滿十六喔。高中一年級。」

「向學校請假嗎？」

「走久了腳還會痛啊。眼睛旁邊也還有傷。學校很囉嗦，如果知道是從機車上摔下來受傷的話，還不知道會有什麼下場呢……所以先請病假。就算休學一年也沒關係。反正我也不急著升高二。」

「哦。」我說。

「不過，聽你剛才的意思，是說可以和有六根手指的女孩子結婚，但是有四個乳房的就不行囉？」

「我沒有說不行，我是說**不知道**。」

「為什麼不知道呢？」

「因為沒有辦法想像啊。」

「六根手指就可以想像嗎？」

「應該是吧。」

「有什麼差別呢？六根手指和四個乳房？」

關於這點我又試著思考了一下，但是想不出好的說明。

「我問得太多了嗎？」她說，並透過太陽眼鏡盯著我的眼睛。

「有人這麼說過妳嗎？」我問。

「經常。」

「問問題並不是壞事啊。被問到的人也可以順便思考一下。」

「可是，大多數的人什麼也不會幫你想。」她看著自己的腳尖說。「大家都只會隨便敷衍而已。」

我不置可否地搖搖頭，視線又回到貓的通路上。我到底在幹什麼呀，我心想。不是連隻貓的影子都沒有出現嗎？

我雙手抱在胸前，眼睛閉上了二十秒還是三十秒。閉著眼睛時，可以感覺到身體各部分都在冒汗。額頭、鼻子下面、脖子，好像被鑲上了溼羽毛什麼似的，有點怪怪的感覺，T恤像無風日子的旗子般貼在胸上。陽光帶著奇妙的重量灑在我的身上。女孩一搖可樂的玻璃杯，冰塊就發出牛鈴般的聲音。

「覺得睏的話就睡一下吧。看見貓的時候我再叫你。」女孩小聲說。

我閉著眼睛默默點頭。

有好一段時間周圍聽不到任何聲音。鴿子和發條鳥都不知道哪裡去了。也沒有風，甚至連車子的排氣聲都聲不到。其間我一直想著打電話的女人。我真的認識那個女人嗎？

可是我想不起那個女人。只有女人的影子橫切過路面拉得長長的，彷彿是基里訶（Giorgio Chirico）作品中的情景。而那實體是在距離我的意識領域非常遙遠的地方。電話鈴聲一直在我的耳邊響著。

「喂，睡著了嗎？」女孩以好像聽得到又像是聽不到的聲音問我。

「沒有。」我說。

「我可以靠近一點嗎？我比較喜歡小聲和別人說話。」

「可以啊。」我閉著眼睛說。

女孩把自己的躺椅從旁邊拖過來和我的緊靠在一起。木架相碰時發出啪噠一聲。

真奇怪，我心想。張著眼睛和閉上眼睛時，女孩的聲音聽起來簡直是判若兩人。我到底是怎麼了呢。我心想。這種情況還是第一次發生。

「可以稍微聊一下嗎？」女孩說。「我會非常小聲，而且你可以不回答，中途睡著了也沒有關係。」

「好啊。」我說。

「人的死這種東西，很有意思喔。」女孩說。

由於她就靠在我的耳邊說，那話語便隨著溫暖的溼氣一同悄悄鑽進我的體內。

「為什麼呢？」我問。

女孩將一根手指放在我的嘴唇上，要我閉嘴。

「不要發問。」她說。「我現在不想被問。而且也不要張開眼睛。知道嗎？」

她的手指離開了我的唇，這次又放到我的手腕上。

「我好想用手術刀把那個切開來看呢。不是屍體喔。是那個像是死的團塊一樣的東西。我懷疑那東西存在於某個地方。好像壘球一樣鈍鈍的，軟軟的，神經是痲痺的。把這東西由死人的身體裡摘除，切開來看。我經常想這麼做。不知道裡面是什麼樣子。就好像牙膏在管子裡變硬了似的，裡面是不是有什麼漸漸僵硬了呢？你不覺得嗎？不，不必回答。周圍軟軟的，越往裡面卻變得越硬。所以我首先會先切開外皮，將裡面軟乎乎的部分取出，用手術刀和刮刀之類的工具將那軟乎乎的部分去除。這樣越往裡面那軟乎乎的東西就越硬喲，變得像個小核一樣。像軸承的滾珠一樣小，而且非常硬喲。你不覺得嗎？」

女孩輕咳了兩、三聲。

「最近我常常在想這件事。大概是每天都很閒吧。真的是這樣想喔。一閒下來思緒就越跑越遠越跑越遠。如果思緒跑得太遠，再來就會無法好好跟上。」

然後女孩把手指從我的手腕上移開，拿起杯子喝掉剩下的可樂。由冰塊的聲音可知杯子空了。

「放心吧，我會好好留意貓的。別擔心。發現渡邊昇時我一定會告訴你的。你就這樣閉著眼睛吧。渡邊昇這個時候一定在這附近走動著。因為貓咪們都會在同樣的地方走動，一定會出現的。一邊想像一邊等待吧。渡邊昇現在正往這邊接近。穿過草叢，鑽過圍牆，在某處停下來聞一聞花香，並且逐漸往這裡接近。想像一下那個模樣。」

雖然我試著依言讓貓的模樣浮現在腦海，但實際所能想到的，卻只有如同逆光照片般非常模糊的貓影像而已。強烈的陽光透過眼瞼使我的黑暗不安定地擴散開來，而不管我如何努力都無法正確想出貓的模樣。我所能想出的渡邊昇，那模樣簡直就像是失敗的肖像畫一樣，總覺得有些變形而不自然。只有特徵相似，重要部分卻殘缺不全。就連牠走路的樣子，我都已經想不出來了。

　女孩又把手指放在我的手腕上，這次還輕輕在上面畫著像是圖案的東西。形狀不定的奇妙圖形。她在我的手腕上畫著那圖形時，就像是相呼應那圖形一樣，我感覺到似乎有一種前所未有的另類黑暗正要潛進自己的意識裡。我心想，或許自己就要睡著了吧。雖然並不想睡，但我卻覺得無論如何都不可能克制住。在孤度和緩的帆布躺椅上，我感覺到身體重得有些笨拙。

　在那樣的黑暗中，我只能想起渡邊昇的四隻腳。四隻無聲的橘色的腳，腳底長著如橡皮般柔軟的肉墊。這樣的腳正悄悄地一步步踩著某處的地面。

是哪裡的地面呢？

可是我並不知道。

你難道不認為自己的腦袋裡有一個致命的死角嗎？女人靜靜地說。

醒來時，只剩下我一個人。女孩已經不在緊靠一旁的躺椅上了。浴巾、香菸和雜誌還在，但是可樂玻璃杯和收錄音機已經不見了。

太陽西斜，松樹枝葉的影子落在我身上，一直到腳踝為止。手表指著三點四十分。我像在搖空罐子似地搖了幾次頭，站起來打量一下四周。周遭的景致和剛來時看到的完全一樣。寬闊的草坪、乾涸的水池、籬笆、鳥的石像、秋麒麟草、電視天線。沒有貓的蹤影，也沒有女孩的蹤影。

我在有陰影的草地上坐了下來，手心一邊輕撫著青草，眼睛一邊看著貓的通路，等女孩回來。但過了十分鐘之後，貓和女孩都沒有出現。周遭甚至感覺不到有東西在動。到底該怎麼辦才好，我無法做適當的判斷。我覺得在睡著的時候好像老了很多。

我再次站起身來，朝主屋的方向看了看，但那裡似乎也沒有人。只有凸窗因西曬而發出刺眼的亮光。沒辦法，我只好穿過草坪走回後巷返家。雖然最後並沒有找到貓，但總之該做的我已經做了。

回到家後，我先把曬乾的衣服收回來，簡單準備了一下晚餐，然後坐在客廳的地板上靠著牆看晚報。五點半時電話鈴響了十二聲，但是我沒有去接。鈴聲停止後，那餘韻仍如微塵般飄浮在房間的薄暮中。時鐘的指針用那堅硬的腳尖踏著浮在空中的透明板子。簡直像是個由機械構成的世界嘛，我心想。發條鳥每天來一次，為世界上發條。然後我一個人在這樣的世界中老去，如同白色壘球般的死逐漸膨脹起來。當我在土星和天王星之間沉睡的時候，發條鳥們仍然堅守著崗位。

我忽然想到，不妨試著為發條鳥寫首詩。但儘管我絞盡了腦汁也想不出第一句。何況我並不認為高中女生會喜歡有關發條鳥的詩。因為她們並不知道發條鳥的存在。

妻子在七點半回到家。

「對不起，加了一下班。」她說。「有一份學費單據怎麼也找不到。雖然是打工的女孩粗心，但我還是得負責。」

「沒關係。」我說。然後我到廚房做了奶油烤魚、沙拉和味噌湯。這一段時間妻子在餐桌上看晚報。

「你五點半左右不在家嗎？」她問。「我打電話回來，想告訴你會晚一點回來。」

「我出去買奶油。」我撒了謊。

「去銀行了嗎？」

「當然。」我回答。

「貓呢？」

「沒找到。」

「哦。」妻子說。

晚飯後洗好澡出來，看見妻子關了燈孤零零地坐在客廳的黑暗中。穿著灰色襯衫靜靜抱膝坐在黑暗中的她，看起來簡直就像是被遺留在那裡的行李一樣。我覺得她好可憐。她被遺留在錯誤的地方了。如果是在其他的地方，或許她會更幸福也不一定。

我用浴巾擦著頭髮，在她對面的沙發坐下。

「怎麼了？」我問。

「貓一定是死了。」妻子說。

「怎麼會呢。」我說。「一定是跑到哪裡去玩，肚子餓了自然就會回來了。以前不是也有過一次嗎？住在高圓寺的時候不就——」

「這次不一樣啊。我知道貓死了，在某個地方的草叢裡腐爛了。有沒有到那間空屋院子裡的草叢去找找看呢？」

「喂，別鬧了，就算是空屋也是別人的房子，怎麼可以擅自闖入呢？」

「是你殺了牠！」妻子說。

我嘆了一口氣，繼續用浴巾擦頭髮。
「你對貓見死不救啊！」她在黑暗中反覆說著。
「我真搞不懂。」我說。「貓是自己不見的，又不是因為我。妳難道不明白嗎？」
「你並不喜歡貓，對吧？」
「也許吧。」我承認。「也許並不像妳那麼喜歡那隻貓，但是我並沒有虐待那隻貓，而且每天都好好餵牠。是我在餵的喔。不能因為我沒有特別喜歡那隻貓，就說我殺了牠啊。如果這麼說的話，那世界上大部分的人都是我殺的了。」
「你就是這種人！」妻子說。「你一直一直都是這樣！不必親自動手就可以殺掉各種東西！」
我雖然想說什麼，但是發現她在哭就放棄了。接著我把浴巾丟進浴室的洗衣籃裡，去廚房去從冰箱拿出啤酒來喝。真是亂七八糟的一天。亂七八糟的一年，亂七八糟的一個月，亂七八糟的一天。

渡邊昇，**你在哪裡**呢？我心想。難道發條鳥沒有為你上發條嗎？

簡直就像一首詩嘛。

渡邊昇，
你在哪裡呢？
難道發條鳥沒有為你
上發條嗎？

啤酒喝了大概一半時，電話鈴響起。

「去接啊！」我向著客廳的黑暗吼道。

「不要！你去接啊！」妻子說。

「我不想接！」我說。

沒有人接聽的電話就這麼一直響著。鈴聲緩緩攪拌著飄浮在黑暗中的微塵。我和妻子在這段時間一句話也沒說。我喝著啤酒，妻子繼續無聲地啜泣。我數著鈴聲數到二十響之後，就隨它去了。這種東西總不能無止境地一直數下去。

AI01000

麵包店再襲擊／パン屋再襲擊

作者／村上春樹
譯者／張致斌
編輯／黃煜智
校對／魏秋綢
書籍設計／陳恩安
行銷企劃／陳玉笈

副總編輯／羅珊珊
總編輯／胡金倫
董事長／趙政岷

出版者／時報文化出版企業股份有限公司
108019 台北市和平西路三段二四〇號四樓
發行專線／（〇二）二三〇六六八四二
讀者服務專線／〇八〇〇二三一七〇五
（〇二）二三〇四七一〇三
讀者服務傳真／（〇二）二三〇四六八五八
郵撥／一九三四四七二四時報文化出版公司
信箱／10899 臺北華江橋郵局第九九信箱

時報悅讀網／www.readingtimes.com.tw
電子郵件信箱／ctliving@readingtimes.com.tw
思潮線臉書／www.facebook.com/trendage
法律顧問／理律法律事務所　陳長文律師、李念祖律師
印刷／勁達印刷有限公司

初版一刷／一九九九年八月二十三日
二版一刷／二〇〇一年十一月二十七日
三版一刷／二〇二二年十月十四日
定價／新台幣三五〇元

麵包店再襲擊 / 村上春樹著 ; 張致斌譯 . -- 三版 . -- 臺北市 : 時報文化出版企業股份有限公司 , 2022.10
面；　公分
譯自 : パン屋再襲擊
ISBN 978-626-335-872-0(平裝)
861.57　　　111013448

PAN-YA SAISHUGEKI
by Haruki Murakami

時報文化出版公司成立於一九七五年，並於一九九九年股票上櫃公開發行，於二〇〇八年脫離中時集團非屬旺中，以「尊重智慧與創意的文化事業」為信念。